身為空軍子弟，三歲的劉屏登機和父親合影。

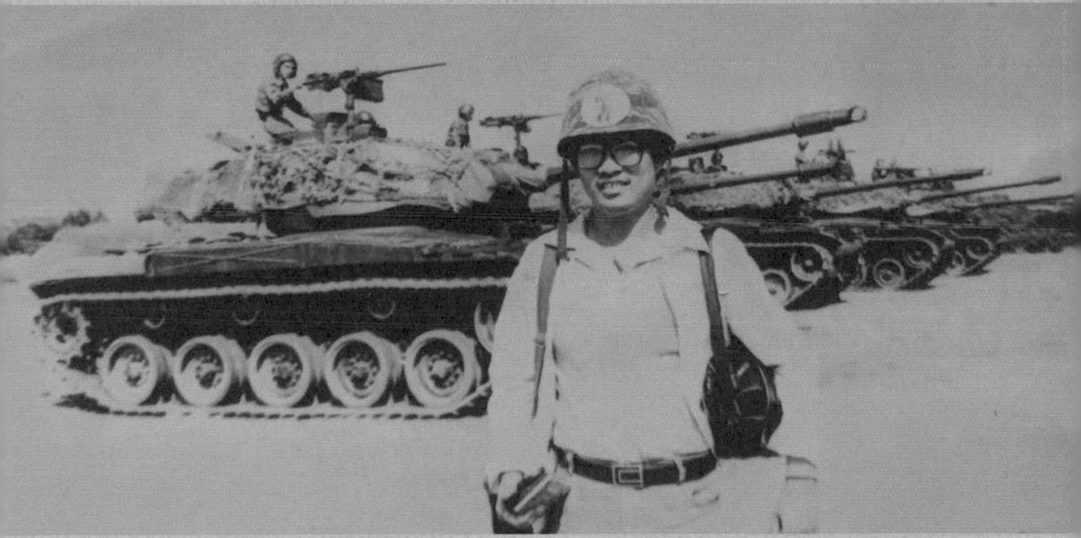

踏入新聞界之起步。

二〇一一年在華府舉行的美國國殤日大遊行，
劉屏（前排左三）掌國旗、高喊口令、領唱軍歌。

慶祝民國一〇〇年華府餐會活動上表演單口相聲。

喜愛軍事採訪的劉屏，在早期桃園機場附近，
和大型飛機模型合影。

劉屏與同事葉樹姍共同榮獲第二十屆廣播金鐘獎
「新聞節目主持人獎」。

二〇一七年元月攝於中華民國駐巴拿馬大使館的大門前。

二〇一六年攝於華府的中華聖經教會樂道堂。

在華府經內幕消息獲知巴拿馬可能與我國斷交，全家特於二〇一七年元月拜訪中華民國駐巴拿馬大使館，並在頂樓與國旗合影。

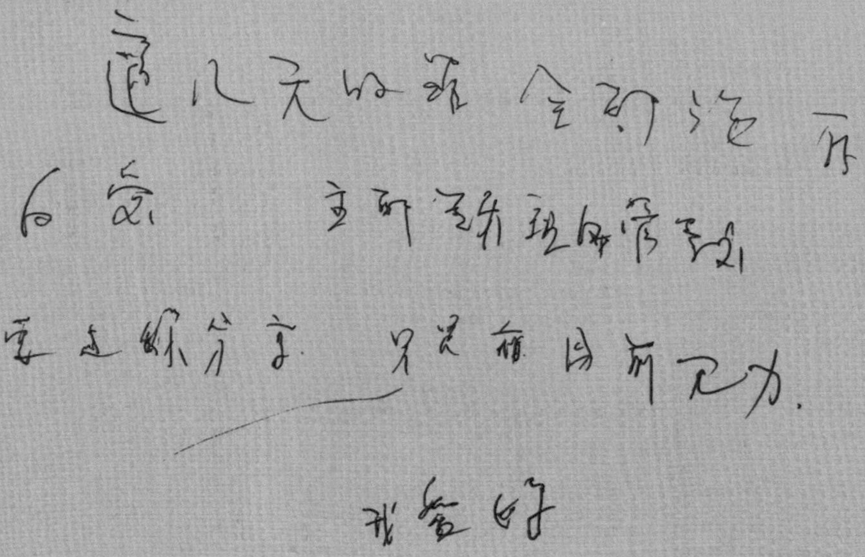
這几天的罪 全部沒有
白受 主耶穌親自管教
要與妳分享 只是我目前無力.
我愛妳

劉屏離開人世前，寫給妻子的遺書。他戴著氧氣面罩費力的念：「這幾天的罪全部沒有白受，主耶穌親自管教，要與妳分享，只是我目前無力。我愛妳。」

一筆穿雲

永遠的華府特派員
劉屏的軍魂國魂與靈魂

劉屏 著

第二部——兩岸之間，關山阻隔

第三部——蔡英文，挑戰重重

第四部——韓國瑜，要贏庶民心 181

第五部——國魂，軍魂，靈魂　215

第六部——住院手札 267

〔憶〕

我是劉屏的粉絲

馬英九
（中華民國前總統）

「我是劉屏的粉絲！」我跟劉屏的交情雖然不深，對劉屏的文字卻是印象很深。二〇一八年十一月，「馬英九基金會」舉辦馬習會三周年研討會，基金會特別邀請劉屏回來演講，讓我對他的學識淵博，更加印象深刻。

我最佩服劉屏的，是他對慰安婦事件的追蹤。當初南韓慰安婦李容洙不滿日本首相安倍晉三在美國國會演講，沒有為日軍二戰慰安婦的暴行道歉，劉屏的筆將這一切記錄下來，後來才有後續各國對日本強烈的表態，劉屏的努力，讓更多人了解國際發生的大事。（見〈太平島、慰安婦，誰扯後腿？〉、〈民進黨看重的是日本人〉、關於《二十二》紀錄片痛陳慰安婦的文章）

劉屏的文章我每一篇都會好好的閱讀，尤其是他在二〇一七年撰寫有關美國加州一位日裔美籍眾議員本田實（MikeHonda，民主黨），如何特別關注慰安婦議題，透過他的奔波，促成美國眾議院也通過這項議題，要求日本應該道歉、賠償。劉屏先生把這個新聞給寫了出來，讓我們政府非常之重視。

慰安婦議題又因為眾議員的關心，也讓歐盟二十八個國家跟進。最終，我國跟韓國結合成最有效率的關注慰安婦議題的團體。這些成果，劉屏先生的報導可說起了關鍵作用。

我總覺得，劉屏只是暫時離開我們，他的精神永遠存在媒體界。「他雖然死了，卻因這信，仍舊說話。」（聖經《希伯來書》第十一章四節。）劉屏這麼快就被病痛帶走，真是讓人不捨、難過，可是他的文章與精神都讓人非常佩服，希望新聞界能有人將劉屏堅定的信仰精神傳承下去！

以上為馬前總統在劉屏台北追思禮拜之講詞，以及題名簿上之簽名，由台灣醒報整理全文。

追思禮拜於中華民國一〇八年六月二十二日在林森南路禮拜堂舉行。

〔推薦序〕

劉屏，樹立了記者的標竿

胡志強

（旺旺中時媒體集團副董事長）

「在耶和華眼中，看聖民之死極為寶貴。」（聖經《詩篇》第一百一十六章十五節）

一九九六年，我在美國擔任大使時，劉屏已經是中廣駐華府特派員，他跑新聞非常認真，雖然中廣給不了那麼多薪水，但絕不影響他的工作熱誠。當時我覺得他真的是天才，與他相處時很能感受到那一代記者的情懷風骨。

後來，他加入中國時報，時報在華府當家的就是傅建中先生，誰能散發比傅老大更大的光芒？但劉屏非常尊重先進，做事也非常認真、勤快。他可以說是在駐美特派員傅建中的領導之下，表現最好的記者與特派員之一。

事母至孝

劉屏為人忠厚誠懇，我也常拜讀他的文章，心中暗自佩服他對中美外交的洞察力，也為時報深慶得人。劉屏與其他記者不同的是他很用心，他的文章有很多都是努力的耕耘、挖新聞才有的，加上他博通古今中外，表示他平常精於閱讀，報導自然更紮實生動。

有一次他從美國回來找我，說他要從時報辭職了。我非常不贊成，問他：「你要去做什麼？」他說：「還沒決定。」當時我怎麼問他、留他，他都不說真正的原因是為了照顧高齡的母親，因為他不希望藉此沽名釣譽。

我曾說，可以想辦法看看，怎麼留下來繼續為時報效力？他答說，已經辭了就辭了，我後來知道真相，對他的為人更加敬佩。

找不到缺點的人

「君子望之儼然，即之也溫。」我常覺得像劉屏就是這樣的謙謙君子，是個在每一方面都找不到缺點的人，實在太難得了。我常會感覺到為什麼他會這麼早過世，大家都為他不捨、不甘。我並不覺得我比他好，為什麼他要過世？我甚至會覺得我年紀比他大，竟然還活著，有點對不起他。

他的去世也是新聞界的損失。在我們那個年代，記者為了追消息非常勤奮，常常不下班，那種新聞記者的熱情與使命感，相當令人感動，現在越來越看不到了。

過去我一直勸傅建中出一本作品集，希望能讓年輕一代看到記者的標竿，民眾可以看到當年中華民國跟美國的外交工作的努力與困難。如今，很欣慰劉屏家人能為他出版新書，書裡可以看到他所描述的中美關係，也可以了解外交工作的種種過程細節。

記者寫新聞，某種程度就是在寫「史」！劉屏扮演著一個很重要的角色。新聞記者筆如千鈞，寫來篇篇都是歷史。藉劉屏這本書，希望能見證不只是一個時代的凋零，而是透過他的書，他的精神、他的努力、他留下來的故事，成為新聞記者的典範。

未完成的自序

劉屏

四月下旬，高雄市長韓國瑜被某人指拿了國民黨主席吳敦義四千萬元。曾是韓「志工護衛隊」一員的栗正傑義憤填膺，發 LINE 給我。他在高雄，當地時間是下午五時許；我在華府，清晨五時許。

我與栗正傑結交近四十年，那時我在高雄跑新聞，經由同業介紹，認識了這位陸軍官校五十一期的高材生。多年來，我們是君子之交淡如水，偶爾得知彼此近況，例如他在澎湖擔任聯兵旅旅長，又到小金門擔任戰地指揮官等等。他曾邀我循管道到他在外島的駐地一遊，可惜我長年在國外，只好拂逆他的好意。

栗正傑在 LINE 裡說「我堅信韓國瑜絕沒拿四千萬」。他是這麼寫的：

我以在韓國瑜競選市長期間擔任護衛志工所見實情說明如下，大家可以判斷韓國瑜有可能拿吳四千萬嗎？

一、韓競選期間連租個房子當競選總部都沒錢，只能用市黨部兼競選總部。

二、市黨部的打掃整理，甚至連水電線路的檢查修繕韓都沒經費，是志工團隊自發無償做的。

三、黨部沒錢請保全，市黨部門口警衛是官校四十七期學長組隊排班擔任，雖然選前最後一個月有請保全，但選後第二天就辭掉保全由志工擔任。

四、每次造勢活動結束場地的清潔打掃也沒請人，是志工打掃的（甚至勝選之夜都是）。

五、我擔任護衛隊期間一直到現在，交通費用，甚至吃飯也都自費；如果不是拮据的競選費用，有可能拿四千萬競選經費嗎？

讀了這封LINE，我隨即打電話給他。聊著聊著，窗外的天色漸漸亮了。晨曦中，我突然想到，這群「熱血中年」的故事，應該留下完整的紀錄。好讓大家知道怎麼有這樣一群人放下清閒日子不過，紛紛選擇了另一項「人生第一次」。其中一位說道，他戎馬半生，沒想到年逾花甲，改行做起門房，還起早睡晚，看得開開心心。另有一位，在軍中時，是最先進的「空中早期預警飛機」的飛行員，那型飛機一架要價美金一億多元。如今從雲端回到凡塵，改開韓國瑜的競選車輛。

這樣的故事，誕生於特殊的時空環境，以往沒有過，以後也不容有。就像韓國瑜的「陸軍官校專修學生班」學歷。

一小時後，我和時報出版公司聯繫上了；再三小時之後，我到了醫院，醫師告訴我，我罹患了血癌，醫師擔心我能不能挺過這個周末。挺得過，意思是下周一骨髓穿刺，進一步確診；挺不過，意思是隨時可能倒下，必須立刻送急診。

我挺過來了，星期一完成穿刺。星期二，一早，血液腫瘤專科醫生來電……。

寫於二〇一九年四月二十九日

緣起

張麗芳

資深媒體人劉屏自二〇一九年四月三十日因急性白血病住院，三十五天後撒手人寰。在隔離病房裡，他依舊筆耕，以生命寫文章，他念茲在茲的，是原本要出一本書《誰？為韓國瑜擋子彈》。

身為外省空軍第二代的劉屏，因為生在屏東，父母為這第三個兒子取名「屏」。由於老家在屏東機場旁，從小耳濡目染，他熱愛軍機、軍艦、軍事和人物故事。此外，喜歡閱覽各類書籍，熟讀中外歷史和地理，甚至迷上說、學、逗、唱，打下講相聲的基礎。在高雄中學時，他展露了寫作長才及辯論口才，幫同學捉刀交作文功課，成為憶往趣事。

進入中興大學法商學院（現為國立台北大學）公共行政系後，劉屏被選為學生活動中心（現稱大學學生會）總幹事。在當時戒嚴時期，他向學校力爭，成功的為大四生舉辦正式的畢業舞會。幽默風趣、開朗樂觀的他，和一群好同學，共同規劃了許多社會服務工作，將一群年輕人的青春、歡笑與汗水、淚滴，留在台灣的山區土壤和角落裡。品學兼優的他還獲選為大專優秀青年代表。

在廣播媒體的黃金年代，劉屏考進中國廣播公司，接受各種訓練與磨練。剛踏入中廣公司高雄電台時，他騎著摩托車四處跑新聞，中鋼、中船、軍事基地、警消單位、突發事件地點……都曾有他的車胎印痕。他以電台為家，在當時長官的眼中，雖不是科班出身，但全天候任事的態度，令他在短時間內不只迎頭趕上、青出於藍，而且卓然出眾。

由高雄台轉任總台（位於台北仁愛路）的新聞部，劉屏的工作觸角更加寬闊。一早跑立法院新聞，搶發即時消息，下午進播音室上現場新聞節目，有時晚上轉播瓊斯杯籃球賽；既報導新聞，主持節目，轉播國慶大典，還熱愛轉播當時風靡全台的另一項運動：棒球。

因著對工作的熱情和執著，人生篇章裡，廣播頁面的彩繪亮麗。當他提起這段生動的年輕歲月時，會談到和同事三天三夜守候現場報導煤礦災變的經歷；會如數家珍的述說籃球和棒球大賽裡中華隊的紀錄；會詼諧的分享政壇上發生過的笑話以及軼聞趣事。至於曾以血汗耕耘榮獲的獎勵，隻字不提。

劉屏在美國進修兩年半後，返台服務五年。其間，他跨越聲音領域，進入文字世界，在《中國時報》開啟新聞工作的另一層面，從報導到評論。洞察、思考、分析、下筆，日趨成熟，別有見地。

一九九六年暑期再度出國，刻意落腳在美國首都華盛頓哥倫比亞特區（華府），一面深造，一面繼續新聞工作。由於和中國廣播公司以及中國時報的前緣，他依然在華府前後為這兩個造就他的媒體盡心盡力，就這樣旅美二十三年。

對華府的新聞從業人員而言，雙橡園之春秋是必讀的史詩。劉屏一家初來乍到，當時的雙橡園主人是胡志強大使。我國歷任駐美代表從胡志強、陳錫蕃、程建人、李大維、吳釗燮、袁健生、金溥聰、沈呂巡，以至於當今的高碩泰，劉屏皆曾零距離的訪談，為文報導或評述之。例如，在雙橡園舉行的國慶酒會，在園內升國旗之重大事件，園內的國徽不見了，以及許多重要活動，都成為劉屏筆下今日的新聞，明日的歷史。

華府是全美的權力中心，更居世界舞台的重中之重。白宮、國會山莊、五角大廈及國務院等各重要部門，是華府記者往返奔波之地。經年累月的採訪，使劉屏的視野寬度、眼界高度、觀察深度皆日益提升。

對劉屏而言，天地之間皆新聞，或自筆尖，或自聲音，或由影音，傳遞四方。生性耿直、愛鄉愛家的他，在國家民族議題上極為嚴肅，憂國憂民及滿腔正義經常化為鏗鏘有力的評論；敏銳的新聞鼻，也讓他在萬象中挖掘出感人的故事，呈現給讀者。六十二個年頭裡，三十八年屬於他鍾愛的新聞工作，也就是一生奉獻給了新聞事業。

劉屏從二〇一〇年開始撰寫專欄。在他的專欄裡，有放眼天下的國際觀點，有針砭時政的嚴詞懇語，有尊崇軍魂的硬頸筆鋒，有弘揚人性的博愛情懷，還有寰宇小故事。字裡行間總讀得出濃濃的使命感。

二〇一六年，蔡英文政府上台後，針對執政黨，他從華府發回的批判文章，經常獲得正面或反面的迴響，點閱率也不時創新高，而〈蔡英文的上甘嶺〉是他有生之年的最後一篇，擲地有聲。

當「韓流」驟然平地颳起，引發閃電雷聲，劉屏曾獲得第一手資料，撰文〈為韓國瑜擋子彈的人〉。此一報導和讀者見面後，許多人好奇，這內幕怎麼會出自美國華府傳來的「劉屏專欄」？

「擋子彈」旋風成為媒體焦點後，被喻為「永遠的特派員」的劉屏特從美返台，擠入造勢晚會人群，以記者本色，跟著為韓國瑜擋子彈的勇士，再實地觀察路線和運作方式，親身體驗那股感人肺腑的無限熱誠和雄壯氣魄。他在萬頭攢動中探求真實，期待以文為台灣的選情和未來出路尋找脈絡。

一個在台灣生、台灣長的庶民，身在海外，心繫「韓流」，即使在癌症病房也不放棄振筆疾書的機會。這本文集是從劉屏近年發表於中國時報、台灣醒報的作品裡，揀選並分類為五部，分別是「美中台，風起雲湧」、「兩岸之間，關山阻隔」、「蔡英文，挑戰重重」、「韓國瑜，要贏庶民心」、「軍魂，國魂，靈魂」，祈在字字珠璣裡，回顧過往，鑑往知來。

尤其，總統大選向來是暗潮洶湧，詭譎多變，選民如何以雪亮的眼睛決定手中的一票？

每每選舉塵埃落定後，關係著台灣發展命脈的兩岸關係、台美外交，執政者怎樣以智慧定調？從華府來的論點足供參考。

此外，劉屏人生旅途的最後一段「住院手札」一併列入文集。即將折斷的蘆葦，依然向陽，其至情至性，一如其文，穿雲。

第一部

美中台風起雲湧

台海現狀，誰說了算？

北京和華府有合作、有對抗，誰贏誰輸？

這三角之間的風雲其實有跡可循。

台灣大選，美國怕什麼？

Y / M / D
2016.01.13

總統大選即將投票，華府一些聲音值得玩味，總結起來就是「美國有幾分擔心」。這樣的擔心當然是因為民進黨聲勢領先所致。這其中最極致的字句之一是「選出傾獨的總統，危險時刻就開始了」。

美國怕什麼？最主要的是台海兩岸走向。民進黨會不會因為獲勝而出現派系分贓；國民黨會不會因為敗選而分裂；台海兩岸會不會變數太大而更加分歧；這三個「分」都可能衝擊兩岸關係，自然令美國在意。

選前，為了爭取勝利，槍口一致對外，意志、力量集中，唯領袖馬首是瞻。可是一旦獲勝，依西諺所說「失敗，就是孤兒；勝利，有很多父親。」各路人馬都自認輔選有功，個個都要一杯羹，分贓在所難免，這也是一些民主國家常態。然而綠營的側翼、激進團體會不會因此對民進黨形成掣肘，會不會在兩岸議題上要求蔡英文更清楚的表態，因而引發兩岸緊張？

國民黨如果分裂，將使台灣社會減少制衡力量。綠營在行政、立法一把抓，會不會有恃無恐，從而更加敵視對岸？或以各種話術挑動兩岸敏感神經？這不符合美國利益，美國當然擔憂。所以，幾位美國前國防部長在華府某一論壇上說，希望台灣的新政府珍惜兩岸既有成果云云。這個話是要細細品味的，因為隱含著「說不定就糟蹋了既有成果」之意。這個話固然是期許，其實更是擔心。

前國務院東亞官員也說了，美國必須密切關注候選人的兩岸政策主張，防範其背離美國的一個中國政策，免得給美國帶來大麻煩。

卸任官員如此，學者專家亦然。智庫的研討會上，美籍專家說，如果蔡英文當選，大陸與蔡英文溝通，那自然很好，「但這種狀況會不會發生，有待觀察。」另一種結果是：北京可能強力要求蔡接受某種「一個中國」的定義，那就不知如何發展了。如果北京在經濟上施壓台灣，甚至像一九九五、一九九六年那樣試射飛彈，蔡英文有內部壓力，會不會更強硬的回應？結果會不會導致兩岸關係惡性循環？誰也不敢說。

也有專家指出，陳水扁時代的兩岸問題，始於大陸從台灣手上奪走邦交國；如果蔡當政，「可以想像北京可能還會這麼做。」到那時候，什麼是因，什麼是果，台灣內部必定吵成一團；只是，木已成舟，又該怪誰呢？

一位前美國在台協會理事主席說，台灣現行兩岸政策並不完美，但畢竟是近八年努力獲致的成果，美國希望能夠持續下去；蔡英文追求的政策與馬總統不同，「後果會是什麼？」

這固然是疑問句，又何嘗不是否定句？

一些媒體（不限於華府）也流露出類似觀點。《經濟學人》說得坦白：過去八年的休兵即將結束，蔡英文要處理黨內的獨派聲音，更要面臨來自中國大陸的壓力，「（共軍）死硬派認為習近平過於忍讓。」結論是：「如果選出傾獨的總統，危險時刻就開始了。」《外交家》一篇「談台灣的整體國力」文章則說，看看習近平政府的作風，如果民進黨勝選，「就別指望北京不會採行果斷的台海政策。」

當然，不管美國如何擔心，勇敢的台灣人是很有主見的。有人把台灣某些現象比做大陸的文革，這令人想起文革時的名言：「東風吹，戰鼓擂，如今世上誰怕誰！」在文革跟著打砸搶的一代終有覺醒的一天，只是年華已逝，青春不再。已故的著名法學教授丘宏達有云，「民主是自作自受的政治。」既然享受民主賦予的投票權，也就承受自己投票帶來的結果吧。

陳水扁時期，太平洋美軍司令部的大型地圖上，標出了兩個發火點，一個是朝鮮半島，一個是台海。一位太平洋美軍司令甚至說自己有時為此而夜不成寐。馬總統當政後，兩岸關係改善，台海不再成為發火點。蔡英文如果勝選，美軍地圖是否又要重新標示？

白宮：無論誰當選，盼兩岸續對話

Y / M / D
2016.01.14

每次台灣總統大選，美國的回應與說詞一向被視為台美關係的指標，不過，歷來美方立場一致，原則未變。

一月十六日台灣總統大選，美國白宮國家安全副顧問羅茲（Ben Rhodes）於十三日指出，台灣的民主充滿活力，台灣人民無論選擇誰為下一任總統，美國都會與之合作，美國也希望台海兩岸在選後繼續對話，避免緊張情勢。

羅茲在華府外籍記者中心的簡報會上回答媒體提問時表示，美國「尊重並且歡迎」台灣人民在選舉中表達的意願；「誰成為領導人應該由他們決定」。他說，美國歡迎這次選舉，不管誰當選，「我們會尊重並且與勝選者密切合作」。他說，美國的「一個中國政策」不變；台灣的民主活力在即將舉行的大選中處處可見。

羅茲的正式頭銜是「職司策略溝通與講稿撰寫之國家安全副顧問」，他從二〇〇七年起就為歐巴馬撰寫外交政策講稿，當時歐巴馬還是總統參選人。

羅茲表示，美國「支持良好的兩岸關係」；「緊張加劇不符兩岸任何一方的利益」。

美國認為北京當局應該「就像美國一樣，就像其他任何觀察選情的國家一樣」，等待選舉結束並尊重選舉結果。他說，這不脫美國的「一個中國政策」。他並表示，美國「支持兩岸對話，支持避免緊張情勢」，且希望「不論誰勝選，（兩岸）能透過和平對話解決問題」。他說，這就是美國扮演的角色。

另外，有關美國對台軍售，羅茲指出，美國與台海兩岸人民都有長遠的關係；其中與台灣的長久防衛關係展現在最近宣布的對台軍售上，「我們想看到的是冷靜與對話。」他說，等到選舉結果和情勢發展更明確時，美國「會好好思考怎麼做才能最有助於」冷靜與對話。

大選前夕，前美國在台協會理事主席卜睿哲發表研究報告，結論之一是美國在選後會繼續「密切並且審慎關注台海形勢發展」，維繫台海和平與穩定；美國要促請兩岸「自我克制並保持彈性」。

小英當政，美國加速對台軍售？

Y / M / D
2016.06.08

蔡英文總統上任後，不到兩星期就把三軍基地走了一遍。軍方某將領說，蔡對國軍的重視程度超過馬英九總統。不只蔡總統，美國方面也突然重視起國軍，「強化對台軍售」等聲此起彼落。

美國為什麼突然重視起國軍？各家出發點不盡相同，但或多或少是擔心台海生變。就在本文截稿之前數小時，最新一篇出爐，由政論家、前聯邦參議員泰倫特（James Talent）執筆，刊登在《國家評論》（*National Review*）上，等於總結了連日來的各方觀點：萬一中國大陸以武力犯台，任何一位美國總統都不敢派遣航空母艦進入台灣海峽冒險，台灣只能自求多福。這篇文章的英文標題只有三個字，但足以反映美國的普遍看法，那就是「Taiwan's Risky Future」（台灣的未來有風險）。

蔡總統不是反覆強調「維持現狀」嗎？那為什麼還有風險？因為現狀是動態的，未必能維持不變。就像《華爾街日報》所述，美國擋住共軍進犯，「還是可能的，但比以往更困難、更危險、更昂貴」（harder, riskier and more costly）。

蔡總統說要「維持現狀」，實際作為卻未必維持現狀，但看「文化台獨」的走向即可知。所以兩岸之間的消長、美中之間的消長都改變了現狀，而台灣內部的認同（所謂天然獨）也正在改變現狀。

美國國防部最近發布年度共軍軍力報告，提及北京對台動武的前提之一是「台灣以不特定的行動走向台獨」（undefined moves toward Taiwan independence）。也就是說，不是台灣自己宣稱「維持現狀」就可天下太平。前國安會祕書長蘇起最近說，美國期待的現狀是「兩岸溝通，兩岸談判」。現在看來，未必能如美國的願。

美國的台海政策，在「一個中國」、「三個公報」、「台灣關係法」、「不支持台獨」之外，小布希總統任內加上「反對任何一方片面改變現狀」，起因是陳水扁總統走向台獨。前述軍力報告九年來首次出現「美國不支持台獨」字句，且引述大陸的《反分裂國家法》：如果和平統一的可能性完全喪失，北京當局得採取非和平方式云云。這種改變，緣由是台灣換了執政黨。

既然台海有風險，美國擔心把自身拖下水。與其讓美國子弟為台獨犧牲，不如及早讓台灣自己強大，一來不必美國出兵，二來或許可以嚇阻北京。《華盛頓時報》圖文並茂的詳述國會議員主張，包括參議院軍事委員會主席馬侃（這幾天訪問台灣）所說，「不論準則、訓練、裝備，美國都要協助台灣提升水準，以強化台灣的嚇阻力量」。

除了前述各媒體，《國家利益》、《外交家》等也陸續以專文談及，各方專家也發表意見。前國防部次長司洛康（Walter Slocome）說，台灣的國防支出至少應達到ＧＤＰ的百分之二點五；軍事專家費學禮（Richard Fisher）說，美國除了賣軍備，還必須提供所有相關資訊給台灣，確保台灣能夠使用這些軍備克敵致勝；美國前駐聯合國常任副代表歐布萊恩（Robert O'Brien）說，台灣的國防支出應該提高到ＧＤＰ的百分之三。

歐布萊恩還有一段話，他轉述前美國國務院官員說法：歐巴馬一向弱勢，故對北京和莫斯科而言，歐巴馬任期最後六個月，「入侵鄰國而不必擔心美國軍事干預，這是一生只有一次的機會」。

陳水扁鬧得最兇時，保守派大將卡本特（Ted Carpenter）主張「台灣要什麼，美國都給，那怕是台灣要買核武，美國也賣，只要別讓美國為台獨出兵」。那時的氛圍，今天已經約略感受到了。

台灣重回美國雷達幕

Y / M / D
2016.06.22

蔡英文政府上任滿月，一個月來，華府最明確的感覺是台灣重行回到美國的雷達幕上。最新例證有二，一是前美國在台協會（ＡＩＴ）執行理事施藍旗（Barbara Schrage）斬釘截鐵的說，「台灣加入聯合國的機會是零」；二是現任美國海軍軍令部長李察遜語重心長的說，美台之間要確保「一旦台海有事，台灣有能力抵禦一段時間，讓美國有能力馳援」。

馬英九政府八年，在華府鮮少聽聞這類聲音。如今台灣重回美國的雷達幕，原因有二，一是新人新政，美國睜大了眼睛看，這是基於好奇；二是民進黨的兩岸走向可能產生什麼影響，美國利益攸關，所以美國睜大了眼睛看，這就不無關切、甚至憂慮等意味了。

施藍旗女士是資深外交官出身，處理美台及亞太事務逾四十年，最後一個職務是ＡＩＴ執行理事，長達十五年。但她從來不曾公開評論美台關係。在任時，她勤於出席各種研討會，但從不發言。卸任後則含飴弄孫，絕少出席公開活動。但去年及今年，她各出席了一場有關美台關係的討論會，兩次都投下重磅炸彈。去年那次，她說美國行政部門「已經——未來也會——積極尋找機會，悄悄對民進黨領導階層——特別是蔡英文——施壓」，希望蔡英文勇於面對現實，縮小兩岸認知差距，避免國際疑慮。

這回，她說台灣加入聯合國「可能性是零，可預見的將來都是零，所以台灣如果繼續把政治資本投入尋求加入聯合國，我認為是完全沒有意義的」。她還加上一句：如果台灣硬推，那就像無意義的撞牆，「頭撞到了磚牆上，不僅事情做不成，還讓自己受傷」。

施藍旗是有感而發。陳水扁政府在二〇〇七年強力推動「入聯公投」，自己碰得灰頭土臉，也把台美關係拖到谷底。施當時擔任AIT執行理事，最有資格評論此事。如今蔡政府強調維持現狀，沒有說要入聯，按說不勞美國操心，可是施藍旗在蔡政府不滿月就舊事重提，顯然是防患未然。

李察遜（John M. Richardson）的談話代表著另一種警覺。這位美國海軍最高指揮官（相當於其他國家的海軍司令）同時公開證實，美國與台灣討論如何協助台灣「潛艦國造」。眾所周知，美國在十五年前即宣布要出售柴電動力潛艦給台灣，可是至今無著。美國本身早已停產，其他國家則因為北京因素而不願出售潛艦給台灣，台灣只好自行產製了。

李察遜這種聲音不是偶然，而且華府這種聲音愈來愈多，諸如強調台灣的軍備要自力更生、台灣的國防要能撐到美國馳援、台灣需要不對稱戰力以抗衡共軍等等。過去八年，兩岸情勢和緩，美國不擔心台海風險，今天顯然情勢不一樣了。

二〇〇八年之後，有人說台灣不在美國的雷達幕上。意指美國討論戰略安全時不常提及台灣。其實這個說法並不確切，也不完整。然而即使不在雷達幕上，也未必是壞事，因為就像「沒有消息，就是好消息」。雷達幕者，搜尋敵情也。不在雷達幕上，意味著沒有立即的敵情顧慮；如今重回雷達幕上，代表著什麼，已不言自明了。

不論施藍旗或李察遜，都知道美國不應、也不會干預台灣的民主進程，但也都深知台海和平涉及美國利益。友邦新政府上任不滿一個月，施、李幾番談話，寓有深意。

「統戰」應放長線釣大魚

Y / M / D
2016.07.25

台北市的里長到大陸參訪，與上海台辦人員合照中出現「統一」等字眼，踩到了台灣獨派的痛腳。獨派的反應說明了台灣言論自由的扭曲：「只准我喊獨立，不准你喊統一」，卻也透露了大陸作法不夠細緻。

世界各國，大凡有遠見者，無不透過邀訪累積友我力量，至少化解不友善者的敵意。美國這類計畫很多，有的是中央策畫，地方執行；有的是政務部門規畫，專業機構執行；有的是政府策畫，民間執行。以「國際訪客領導計畫」（International Visitor Leadership Program，簡稱ＩＶＬＰ）為例，施行至今已五十六年，參加者將近二十萬人，其中許多日後成為各國領導階層，台灣的陳水扁、馬英九都參加過。馬在出任總統前最後一次訪問華府，與美國政要見面時，第一件提及的就是他在念大學時因為這個計畫而訪美。

美國這類計畫的相關辦法說得很直白：目的之一是要「培養長遠的關係」。為了培養這種長遠的關係，美國挖空心思，僅華府一地就有九十多個組織參與，視參加者的專長、興趣，安排參訪對象及項目，尤其是安排接待家庭，讓訪客第一手的了解美國文化，意義重大。中國大陸國家主席習近平在接任元首前最後一次訪美，特地到愛荷華州停留，拜訪數十年前接待他的美國家庭，閒話家常，場面溫馨。

美國國務院設有「文化交流署」，最忙的年代是冷戰時期，因為主要對象是蘇聯。唯其起源是在二戰期間，當時美國要鞏固自家後院，遂邀請拉丁美洲的新聞記者、文藝工作者等人訪美，而且請音樂家到美國的廣播電台演出，現場直播。當時尚無「軟實力」這個名詞，但是美國已經深知，這些音樂家說幾句美國的好話，遠勝政治人物的長篇大論。如今這種交流工作的重要性不若以往，但美國國務院每年仍至少編列逾美金兩億元（折合台幣逾六十億元）。

太平洋美軍司令部旗下設有「亞太安全研究中心」，邀請各國國防人士接受十二周的訓練。如果受邀國家的國民所得偏低，美國不但提供食宿、交通，還每天發給零用金。十餘年來，學員後來掛上三顆星、四顆星者，不知凡幾，包括南亞某國的參謀總長。美國知道這個錢花的值得。錢不是唯一的問題。有的參加者不諳英語，沒關係，美國政府提供翻譯服務。擔任過行政院大陸委員會主任委員的張京育就曾受美國國務院之託扮演這種角色，後來自謂「因此跑了美國四十八州」（按，全美計五十州）

這類邀訪的成效不在於一時。美國各種計畫下，訪客之中有至少兩百位日後成為元首或總理，其中之一是故英國首相柴契爾夫人。至於日後成為部長級官員者約一五〇〇位。對美國而言，這是何等重大的利益。

美國還有「和平工作團」（Peace Corps），由甘迺迪總統發起，是美國人到海外（尤其是有動亂的國家）協助當地建設。迄今已有二十餘萬美國人加入過此一行列，在世界各地做「鬆土」的工作，使當地人對美國有了好感，這也是長線大魚。

時代力量黨主席黃國昌數年前捲入「走路工」爭議時，適逢取得美國「傅爾布萊特」研究計畫資格，到美國進修。傅爾布萊特計畫是另一個著名的機制，舉凡外國政界、媒體、教育、企業、貿易、非政府組織、學生團體、藝術等，無不在邀訪之列，末了還加上「以及其他各種範疇」人士，等於一網打盡。

艾森豪總統某次與蘇聯會談時，突然領悟到這種邀訪計畫的厲害，於是大力推動。數十年間，逾五萬蘇聯人士訪美，接受美國文化洗禮。冷戰結束後，曾經擔任蘇聯特務機關KGB美國總支部負責人的Oleg Kalugin說，如今想來，這個計畫根本就是「木馬」，因為在不知不覺中「腐蝕了蘇聯的體系」。美國做得細緻，讓人只覺得是文化，沒想到正如首創「圍堵」一詞的美國外交官喬治·肯楠所說，化解敵意，文化是關鍵途徑。

不論陳水扁、馬英九、習近平、柴契爾夫人，他們早年因為美國的各種交流計畫而訪美時，如果為了交心表態或其他任何因素而留下「我愛美國」、「英美一家」之類的字句，豈不唐突？

英川通話只高興十八天

Y / M / D
2016.12.21

聖多美普林西比與中華民國斷交，對美國的專家而言，並不感到意外。如果硬要說有那麼一點兒意外，那就是「我以為其他哪個國家會先斷」，例如地位更形重要的巴拿馬，或是中華民國在歐洲的唯一邦交國教廷。

之所以不意外，是因為「英川電話」必然產生效應。美國總統當選人川普與蔡英文總統通電話當天，華府即有人提出如下預測：「聖誕節快到了，北京會不會向台灣的某個邦交國示意：送你們大大的聖誕禮物，交換你們與台灣斷交」。這次聖國與台灣斷交，國際通訊社稱「（英川）電話後，觀察家已經預測北京會加倍努力拿走台灣的邦交國」。

英川電話後，有人稱「這會是短多長空」。沒想到，才不過十八天，空頭行情即告上演，想想，這也未免太短了吧。

八年多前，台灣一位資深外交官告訴筆者，巴拿馬「很久就情況不穩了」。唯馬英九總統主張「外交休兵」，一反陳水扁的「烽火外交」；基於兩岸之間「互不挖牆腳」的默契，台灣與巴拿馬或其他國家間的邦交遂有八年穩定期。

現在情況變了。蔡英文在選前、選後一再強調「維持現狀」，但上任以來，其具體作法卻與「維持現狀」背道而馳。兩岸默契既已打破，台灣面臨種種衝擊也就沒什麼意外了。尤其蔡政府的諸多舉措導致大陸鷹派抬頭，中南海必須回應，「國台辦」被譏為「跪台辦」的殷鑑還遠嗎？

早些年，北京每挖台灣一個邦交國，台灣就設法挖一個回來。但如今台灣還有這個實力嗎？一九九〇年，大陸的GDP不到美金四千億元，台灣則為美金一千七百億元，兩岸約為二點二五比一。一九九八年，即台灣開放赴大陸探親後的第一年，約為三比一；到了去年，已經變成約二十一比一；變化之迅速，對比之強烈，令人格外懷念做過經濟部長的趙耀東在一九八八年的遠見：「向大陸提供長期低利貸款以爭取民心」。

GDP只及對方百分之四點七，還要在外交上與對方大聲小聲？未免太不務實了吧。兩岸關係和緩，台灣有活路；兩岸關係惡化，台灣只有吃虧的份兒。幾個月來，台灣參與國際組織一再受阻，已經可以預料到外交關係必然受挫，前外交部長程建人說「未來恐將走投無路」，誠哉斯言。

一九九二年，時任外交部長錢復說「大陸政策的位階應該高於外交政策」，也就是「要想改善對外關係，前提是兩岸關係要改善」。二十多年來的發展，益發證明錢復的觀點。這次國際媒體報導聖國與台北斷交一事時，特別提及「二〇〇八年開始的兩岸外交休兵」，也提及兩岸在外交戰場競爭了六十多年，「中國在經濟、軍事、政治上的實力，使其愈來愈有效的孤立台灣」。

大陸學者說過「至少有七個國家排隊等著與北京建交」。隨著大陸的國力增長，可以想見，這個名單只會增加，不會減少。而隨著兩岸歧見加深，可以想見，台灣的邦交國「見風使舵」者只會更多，不會更少。

當年馬政府主張「外交休兵」，卻被民進黨抹黑為「外交休克」。如今民進黨重新執政後的第一個聖誕節，收到這麼一份外交「禮物」，蔡總統能不愧乎？反省從在野到執政的言行與後果，在平安夜前夕，民進黨政府會有寧靜、喜樂的感覺嗎？

陸戰隊進駐，防範台灣人

Y / M / D
2017.02.22

美國在台協會（ＡＩＴ）前台北辦事處處長楊甦棣一番「ＡＩＴ新大樓落成後將有美軍陸戰隊進駐」談話，吹皺一池春水，彷彿美台關係從此提升至新境界，軍事合作更上層樓。殊不知，美軍陸戰隊進駐ＡＩＴ，著眼點不是防範共軍，而是防範台灣人民；這與軍事合作毫無關聯。

美國的駐外使領館駐有陸戰隊，其正式名稱是「陸戰安全衛隊」（Marine Security Guard，簡稱ＭＳＧ），與陸戰隊的正式名稱 Marine Corps 不同，任務也不相同。陸戰隊是要與敵「軍」作戰，而ＭＳＧ則是防範敵「人」，也就是防範使領館所在地的暴民。所以美軍雖有陸戰隊學校，但ＭＳＧ受訓另有自己的學校，蓋使命不同，執行任務的方式不同，使用的裝備也不同。你能想像ＡＩＴ的ＭＳＧ使用陸戰隊的制式裝備Ｆ－18Ａ戰機、IM-120 AMRAAM 空對空飛彈？

美國從前與中華民國有邦交，使館內有ＭＳＧ。斷交後，ＡＩＴ不是使領館，美國不再派駐ＭＳＧ。何時全數撤出，有待查證；但可以確定的是，在二〇〇九年，美國國務院即與陸戰隊磋商恢復派駐；楊甦棣的繼任人司徒文（任期自二〇〇九至二〇一二年）也說，他任內與馬英九政府討論過此事。那時ＡＩＴ人員的電郵已經改為state.gov，也不必像過去那樣必須先從軍職、公職退休才能赴任。最近國內有人說美軍的武官在那幾年「進駐」ＡＩＴ，實為誤解，因為武官一直有，只是那時美國調整作法，武官能以軍職赴任。

ＭＳＧ的首要任務是確保使領館的機密設備與文件（外交人員安全是第二優先），例如保密電話、密碼本、傳輸設備等，並不是作戰，所以各館的ＭＳＧ雖然是軍人，也是陸戰隊的一支，但指揮官是文人，是使領館裡最資深的法務人員。這有點像是檢察官指揮警察辦案。

正因為以機密設備為最優先考量，所以ＭＳＧ的工作重心在於館內。依據準則，「唯有在最危急的狀況下」，才會在館外執行勤務。什麼是「最危急的狀況」？依據ＭＳＧ隊史，其中之一是一九七八年十二月，也就是美國總統卡特宣布即將與中華民國斷交之際。根據隊史，十二月十六日，卡特演說後，台灣數千群眾至大使館抗議，且出現打破玻璃、毀損外牆等情事，ＭＳＧ只得「啟動鎮暴程序，後來並且動用催淚瓦斯」。到了十二月二十九日，美國特使克里斯多福等人「驅車前往大使館途中，遭到大批抗議人群攻擊」，幸ＭＳＧ防範得宜。那段期間，由於擔心情勢失控，ＭＳＧ還緊急從鄰近國家的使領館調派人力到台灣支援。

根據隊史，斷交前後，在台的ＭＳＧ盡忠職守且處置得宜，全員後來獲得美國海軍部長授勳。也就是說，美國當時與中華民國有共同防禦條約，共同的敵人是共軍；但這支所謂的駐台美軍，卻是因為有效防範台灣的暴民而獲獎。過去如此，今後亦然，因為陸戰安全衛隊的任務本是如此，扯不上什麼軍事合作。

順便一提，美國的陸戰隊是獨立軍種，不屬海軍（台灣常誤稱為「美國海軍陸戰隊」），但在體系上受海軍部長指揮。

司徒文說，陸戰隊進駐ＡＩＴ「是一小股安全衛隊」；又說「稱其為軍隊（troops）會誤導」。司徒文頭腦清楚，他的觀點反映了現實，也說明何以美國有位台海軍事專家說「我無法評論這件事，因為這哪裡是軍事，根本是保安嘛」。

後記

近日美國在台協會前台北辦事處處長楊甦棣透露，今年ＡＩＴ新的辦公大樓落成後，美國將派遣陸戰隊員擔任警衛，台北朝野聞訊喜形於色，認為是美台關係的提升，同時擔心中共抗議而使此事胎死腹中。

這使我想起一九七三年華府和北京同意互設聯絡處，美國在北京的聯絡處是由陸戰隊的士官兵擔任警衛，結果中共非但不歡迎，還認為美國陸戰隊員在中國領土上穿軍服、攜帶武器侵犯了中國的主權，一再抗議，成為雙方關係蜜月期間的齟齬大事，最後美國被迫把陸戰隊員撤離北京才算了事。

關於這樁往事，美國首任駐北京聯絡處主任布魯斯大使在他的《紫禁城的窗子》日記中有詳盡的記載，十多年前我曾為《中國時報》寫過一篇長文提及此事，現於此再述，供讀者參考。

美國陸戰隊傳統上肩負美駐外使館安全的責任，美國駐北京聯絡處雖非正式的大使館，其功能等同大使館，美陸戰隊派有六名士官兵負責安全。中共打一開始就視這六名陸戰隊員為眼中釘，不時找麻煩。布魯斯到任後的第一次美國國慶中午那天，中共外交部禮賓司來電話，請兩位副主任金希聖和何志立去外交部，本以為是要告訴他們哪些中共官員會出席美國國慶酒會，豈知竟是禮賓司副司長朱傳賢向金、何二人抗議美陸戰隊員違規穿軍裝配帶槍枝，要求美方立即改正，否則中方官員拒絕出席當晚的酒會。事出突然，美方措手不及，只好俯首聽命。布魯斯在日記中說：「這是苦藥，但我們吞了。」

過了兩個多月後（九月二十六日），中共外交部美大司司長林平把布魯斯召去外交部，抱怨陸戰隊員私設酒吧，擾得鄰居不安，林平說：「中國主權不容許美陸戰隊在我國這樣的活動。」美方建議等十月季辛吉訪問北京時和周恩來當面解決此事，季辛吉因故延到十一月來訪，結果十月底林平又把布魯斯召去外交部，抗議陸戰隊大張旗鼓舉行一年一度的慶典。

十一月季辛吉和周恩來會談後，陸戰隊員總算可以繼續留在聯絡處，可是到了第二年四月底，林平再度召見布魯斯，舊事重提，並且強硬要求美國盡速撤退陸戰隊員，此時美國已是忍無可忍，只得聽命，中共終於達到把美國陸戰隊趕出北京的目的。

從這段歷史不難看出兩岸對同一事件的立場與看法，是如何的南轅北轍，台灣為美陸戰隊將進駐ＡＩＴ新的辦公大樓而沾沾自喜，並解讀為美台關係升格；中國大陸則認為是對其主權的踐踏，無法容忍，究竟哪種方式較有尊嚴，還是兩者都過猶不及？

兩岸動盪，中美順勢簽「第四公報」？

Y / M / D
2017.03.09

美國川普政府會與中國大陸簽署「第四公報」嗎？這要看美國的意願，也要看是誰提出的建議。前者，隨著大陸的國力不斷增強，美國拒絕的力度不如以前；後者，既是出自前國務卿季辛吉的建議，顯然會受到川普重視。

華府隔一陣子就會聽聞「第四公報」之議，例如二〇一一年初，當時大陸國家主席胡錦濤剛結束美國之行，時任美國在台協會主席薄瑞光在台北說，陸方希望與美國簽署第四公報，但遭美方拒絕云云。再往前推，談「第四公報」最熱的時刻當推二〇〇二年，主要人物包括做過美國駐北京大使的芮效儉、做過美國駐聯合國大使及東亞助卿的郝爾布魯克。

當時美、中之間強調「坦誠、建設性、合作」的關係，正好這三個字的英文都是 C 開頭（candid, constructive, cooperative），於是有人在國務院記者會上問，「有沒有第四個 C？」意即「第四公報」。當時的國務院發言人包潤石回答說：「現有架構已經足夠，美國繼續沿用」。也就是說不需要第四公報。

郝爾布魯克是民主黨，芮效儉是共和黨，兩人都主張簽署「第四公報」，他們的理由是：三個公報已無法精確描述台海兩岸現狀，時空背景與三個公報時大不相同，自然需要以新的公報「穩定台北和北京的雙邊關係」，也使華府與北京的雙邊關係更加順暢。

郝爾布魯克的論述登載在《華盛頓郵報》上，其中有這麼一句：「第四公報」是「根據新的現實主義更新兩國關係」。如今川普的商人性格正是現實掛帥，而台北方面再次由不承認一中的政黨執政，幾個因素加在一起，川普會不會出現與過去幾任政府不同的思維，從而認真考慮「第四公報」？誰也不能排除。

郝、芮等人提出「第四公報」之時，陸方意願不高，認為「重要的忠實執行三個公報」。等到陸方提出第四公報時，美國政府意願不高，理由有如前述。如今十幾年過去了，換由芮的老闆季辛吉出面，其影響就大不相同了。川普當選未久，即主動邀約季辛吉，之後又談了好幾次；而季辛吉後來接受不同媒體採訪，多次表達了對川普的厚望，例如稱川普能夠「建立可長可久的、明顯打破現狀的外交政策」。

川普與蔡總統通電話並質疑「一個中國」政策之後，季氏信心滿滿的說，川普「會回到美中關係的外交傳統」。後來的發展果如季氏所說。另一方面，季氏肯定川普改善美俄關係，他對川普挑選的國務卿提勒森也讚譽有加。以致有評論文章謂：「季辛吉的外交哲學，川普或許是最佳的器皿。」

其實，「第四公報」即使沒有任何新字句，哪怕只是重申三公報中的某些內容，都會令台灣某些人膽戰心驚，例如重申《上海公報》中的「美國認知到，台灣是中國的一部分。美國政府對這一立場不持異議。」

前國安會祕書長蘇起說，只要台灣願意和，大陸就不急著統；台灣愈獨，大陸就會愈統。同理，兩岸關係穩定時，「第四公報」沒有市場；兩岸關係動盪時，陸美雙方可能思考「第四公報」，台灣的空間也就更加受限了。

中美過招，關鍵密碼：習川怎麼握手？

Y／M／D
2017.04.05

美國總統川普即將與中國大陸國家主席習近平首次會面。這場習川會，北京方面最在意的是什麼？答案是「握手」。

美國媒體分析說，兩國官員安排習川會的各項細節時，中方第一優先的考慮是「握手時，絕不能讓習近平尷尬」。川普上任以來與重要的外國領導人會面，握手幾度成為國際新聞，例如川普緊抓著日本首相安倍的手長達十九秒，而且右手握著，左手還輕拍安倍的手背，好不親熱。終於握完了，安倍那種「好傢伙，總算結束了」的表情傳遍全世界。

相反地，德國總理梅克爾與川普見面，攝影記者一直嚷著要兩人握手，梅克爾也低聲詢問川普，但川普始終充耳不聞。兩個極端俱令客人為難，中方絕不願見到這種令習失面子的場景。

其實川普那天已經幾度與梅克爾握過手，但是媒體絕不會放過「川普拒絕握手」的這一刻。川普會見加拿大總理杜魯道那次，照片上，川普伸手，杜魯道沒有伸手，於是傳遍全世界的是「杜魯道夠嗆」。事實是：川普先伸手，杜魯道立刻也伸手，兩人於是握手。換句話說，杜魯道只是還沒有伸手，但攝影記者捕捉到時間差，使那一刻彷彿是「杜魯道拒絕與川普握手」。一張照片勝過千言萬語，所以且不管習川會談什麼議題，陸方首先要確定的是怎麼握手。

台灣、南海都是議題，但川普不會主動提台灣，習不會主動提南海。台灣議題一定是由陸方主動提出，從來都如此，美國則必然重申「一個中國、三個公報、《台灣關係法》」等一貫立場。一個台灣，各自表述。川普已經回到「一個中國」，陸方沒什麼好挑剔的。

至於南海議題，美國不是南海的主權聲索國，最近美國航母駛入南海以「做樣子」居多，並無後續消息，陸方的鷹派人物則全部噤聲，官方談話也輕描淡寫。所以如果提到南海，應該是川普主動。屆時「一個南海，也是各自表述」。

真正實質討論的，是北韓、經貿、網路駭客等。

前幾天，川普推文說與習的會談「會非常困難」，指的就是經貿。不過三日公布的民意調查，美國人對經貿的關注程度大幅降低，原因是美國的經濟持續改善，也就不必再拿中國當出氣筒，因此對中國的好感也比過去幾年為高。

前年，歐巴馬在白宮以國宴款待習近平時，川普曾說，如果自己和習見面，「第一次見面不會是正式的，我會和他一道吃麥當勞漢堡。」然後告訴習，人民幣必須升值。

這回在海湖莊園，川普不會只讓習吃漢堡，莊園每周四的晚餐是吃到飽的烤牛肉大餐，同時有法、義等國的歐式菜餚，只要握手順利，晚餐氣氛應該不差。川普上任以來，在莊園度周末的次數遠多於白宮，因為他在這裡自在。川普一位經常到莊園做客的老友告訴美國新聞界，外國領導人想要真正認識川普、和川普建立良好的溝通管道，莊園是最佳選擇，習川會可如是觀。

參與WHA單靠美國無效

Y / M / D
2017.04.26

美國在台協會主席莫健說，他支持台灣參與世界衛生組織大會（WHA）。這當然是好消息，然而別說莫健支持，就算美國總統支持，也不能保證台灣與會。

美國國會早在十幾年前就幾度通過法案支持台灣與會，柯林頓、小布希等歷任總統也先後簽署法案，責成美國官員以實際行動促成台灣與會，這些行動包括向國會報告具體作法。支持台灣與會是美國的政策，也符合人道精神，然而台灣最終在二〇〇九年得以與會，且至去年仍是年年與會，美國因素究竟占了多大比重？

有美國這個全球首強支持，是台灣與會的必要條件，卻不是充分條件。也就是說，如果美國不支持，台灣大概沒戲；但美國支持又怎麼樣？如果付諸投票，美國是一票，面積只有美國五千分之一的摩納哥也是一票，人口只有美國兩萬分之一的諾魯也是一票。就像我們當年在聯合國的會籍保衛戰，美國固然支持到底，可是最後又怎麼樣呢？

台灣的國際參與受阻，關鍵在兩岸關係。如果不從兩岸關係著手，美國再怎麼幫忙也只能徒呼負負。

讀到莫健支持台灣入會的消息，不禁想起一段往事。某年世衛大會，中央社記者郭無患從駐地柏林趕往日內瓦採訪，那時台灣已經多次碰壁。美國首席代表衛生部長湯普森主持某相關活動的記者會，郭無患舉手發問有關台灣與會事。湯普森回答時的第一句話是：「我的老朋友郭先生……」，繼之以堅定立場表示美國支持台灣與會。其實郭無患那時尚未在華府服務過，與湯普森素未謀面。湯普森之所以「套近乎」，無非是強調美國支持台灣。

美國媒體曾報導說，湯普森因為支持台灣與會，和中國大陸鷹派外交官沙祖康口角，兩人幾乎打了起來。湯普森最為人傳頌的，是他說明美國政策時，總不忘強調「我本人強力支持台灣」，再加上一句「我向你們保證，布希總統支持台灣出席世衛大會」。儘管湯普森或美國如此義薄雲天，台灣仍然每每以極懸殊的比數在投票時慘敗。

眾所周知，台灣自二〇〇九年與會，不是大會投票的結果；正如同台灣得以在二〇一四年出席國際民航組織（ICAO）會員大會也不是投票的結果。真要投票，美國影響不了幾個國家。邦交國有跑票的，有臨時「拉肚子」而缺席的，有「看錯題意所以投錯」的，真是令台灣情何以堪。

正如莫健的前任薄瑞光說的，有關台灣的國際參與，美國不但和國際組織談，也和「其他國家」談，這個「其他國家」顯然不只是日、英等美國的盟國。遊走於兩岸的美國學者也都說，台灣參與國際活動，必須與北京磋商，儘管台灣未必直接出面。正如學者所說，

「台灣曾經不公開的與北京磋商，否則不會成功取得觀察員資格。」

為了參與世衛，陳水扁擔任總統時曾經投書《華盛頓郵報》，可謂用心良苦。美國國會常以全票通過支持台灣與會，陳總統功不唐捐。但美國的全民支持，對台灣的國際參與並無多少幫助。正如前監察院長錢復說的「要想改善對外關係，前提是兩岸關係要改善。」參與世衛是台灣全民的期待，也有充分的正當性，可是兩岸冷對抗之際，美國又能有什麼錦囊妙計？

美國國會又在哄台灣？

Y / M / D
2017.07.05

美國參議院軍事委員會通過條款，要加強美國與台灣間的軍事關係。這個決定看似對台灣展現善意，可是台灣方面必須細細思量：這個條款背後的意思是台灣有義務與美國協同作戰。台灣人民是願意前往阿富汗、伊拉克作戰？還是願意對伊斯蘭國開戰？

參院軍事委員會審查《二〇一八年度國防授權法案》時，以二十一票對六票同意「美國海軍軍艦例行停靠台灣的高雄或其他任何適當港口，並允許美國太平洋司令部接受台灣提出之進港要求」。這個條款受到矚目，因為它具有準軍事同盟的意味。

然而，台灣不能只看條款的前半，對後半視而不見。就像當年《中美共同防禦條約》所規定的，這種軍事合作不是單向的，也就是說，一旦台灣受到攻擊，美國有義務幫台灣打仗；同樣的，一旦美國受到攻擊，中華民國也要出兵幫美國打仗；這才是「共同防禦」，否則中華民國豈不成了被保護國，還有國家尊嚴可言嗎？今天台灣一些人成天想著「美軍保台」，是典型的只享權利、不盡義務，難怪老是被美國人罵「台灣只想搭順風車」。

這個條款目前只是委員會階段，接下來還有參院院會、眾議院軍事委員會、眾院院會等階段，最後能否成為法案，變數很多。經驗告訴我們，成案的機會很小，以最近幾年為例，二〇一六年的《國防授權法案》，參院院會通過的版本有「邀請台灣參加美國的『紅旗』軍事演習」、「美國國防部應派遣將級軍官及助理部長層級以上人員訪台」等友台條款，但最終定案的版本裡，這些條款全都不見了。一七年的《國防授權法案》亦然，參院版本有「美國對台六項保證」等條款，眾院版本有「美國應邀請台灣參加『環太平洋』軍事演習」等條款，但最終定案的版本，兩個都不見了。

針對「同意美艦靠泊台灣」條款，美國的法學專家撰文指出，國會此舉根本是空話，因為依據美國憲法，美國的軍事力量派往何處，是總統的權力；且不論平時或戰時，這個權力都是總統這位三軍統帥的獨享權力，國會無從置喙。就好像最近十分熱門的「薩德」系統，美國決定在南韓部署，從頭到尾都是行政部門的權力。

美國當年與中國大陸「關係正常化」，三件大事是「（與台灣）斷交、廢約、撤軍」。美國唯有全盤接受，否則北京不同意與美國建交。當年好不容易「把外國的軍事力量趕出中國的土地」，如今美國軍艦重新回到台灣，對北京而言，是可忍，孰不可忍？

美國與台灣斷交後，美國國會議員組團訪台，乘坐美國的軍用專機。飛機在台灣降落後，議員下機，軍機立即飛離台灣。這種作法持續了很久，軍機上的機組人員連在台灣逛逛夜市都不可得。二〇一五年，美軍「大黃蜂」戰機因為故障而迫降台南，因為未首先知會北京，致陸方不滿。當時美軍發揮超高效率，包括趕運相關零組件到台灣，不到四十八小時（差幾分鐘）完成修護，「大黃蜂」起飛離台。再往前推幾年，八八風災期間，美國機、艦運送救援物資給台灣，儘管不具任何軍事意涵，美方仍極其低調，例如絕不接受媒體採訪等。

軍艦靠港一事，如果實現，台灣必須負起相對的重責大任，台灣未必承受得起；還好台灣不必擔心，因為看來只是美國一些友台人士說說好聽罷了。

美國在台海的話語攻勢

Y / M / D
2018.06.20

繼美國聯邦眾議院之後，參議院在本周一也通過下年度《國防授權法》草案。草案有不少「親台」之議，諸如主張美軍赴台參加漢光演習；也有不少「反中」之議，諸如要求現階段不讓共軍參加環太平洋軍事演習等。

兩院版本不盡相同，有待合組委員會以協商，但整體而言，「親台、反中」似是大勢所趨。的確，「親台、反中」目前在美國是政治正確，國會的聽證會、提案處處可見此一氛圍。最明確的例證是參院草案要求維持對中興通訊公司之嚴厲處罰，明明是國防法案，卻橫空殺出個經貿條款，反正就是要讓北京不痛快。

這麼「親台、反中」，要是早幾年，國會裡會爭論很久，這次參院卻是以八十五票對十票輕鬆過關。這種變化，關鍵在於美中關係日趨微妙。經貿、國安之外，美國出現諸多疑懼，諸如中方是否藉「孔子學院」滲透美國？大陸來美的學者、學生之中有多少負有「特殊任務」？北京當局的諸多舉措，例如一帶一路、亞投行、上海合作組織等，是否在全球各地挑戰美國？

所以，草案要求美國防部不得撥款補助孔子學院的中文課程，也要求美國國防部每年的共軍軍力報告應明列中方如何影響美國媒體、文化機構、企業、學術與政策圈等，以防中方藉以遂行其安全及軍事策略等目標。也正因如此，即使川普改變立場，公開表示要給中興通訊一條生路，可是參議院不買帳，彷彿硬是要置中興通訊於死地。這種「對付中國，只能更硬，不能軟化」的立場，形成了美國國會「南海守勢，台海攻勢」的思維。

美中之間的「三海」爭議，情況各不相同。東海釣魚台爭議沉寂若干時日，東京與北京之間頗有修好之勢，未來數月出現中、日、韓三國峰會也不令人意外，所以有「戲」可看的當屬南海與台海。

南海，中國作為很積極，建礁、造島、部署軍事設施等，不時有新進展，不久前還舉行歷來最大規模的軍演。美國固然不時派出機艦接近有爭議的島礁，但除了藉此宣示「自由航行」之權，並不能有效阻止中國。中方做法是否明智，各方看法不同，但中方不因美國反對而罷手，其攻勢意味至為濃厚。相形之下，美國只能採取守勢，最多只像這次草案說的，除非陸方停止南海作為，否則美國防部長不得邀請共軍參加環太平洋軍演。依據草案，美國應加強在南海的空照，以確實了解中方作為。但這能夠產生什麼嚇阻作用嗎？

台海情勢恰恰相反。美國可以藉由各種方式加強與台灣合作，不但提升台灣的自衛力量，且使台灣繼續扮演「絆馬索」的角色。草案提出不少建議，除相互派軍參加對方軍演外，還主張派遣醫療船艦訪台。當然，草案表明這些都是「參議院意見」，亦即對行政部門沒有強制力。惟近期以來，美國對台灣展現不少善意，例如連續兩年的《國防授權法》、《台灣旅行法》；例如美國同意讓美國企業參與台灣的潛艦研製、美國國防部長馬提斯在新加坡的香格里拉對話也發表了友台談話。

一連串的法案未必就會形成美國的具體作為，但美國在南海既然只能守，那就要在台海展現攻勢了，儘管都只是口頭的。

大陸應支持美對台軍售

Y / M / D
2018.08.16

美國總統川普簽署下年度《國防授權法案》，其中有些「友台、抑中」條款，引起北京方面嚴詞批評。然而，從更大的戰略格局想想，北京方面應支持美國對台軍售才是。

台灣為什麼需要強有力的國防？因為台灣面對的威脅不只一方。首先，釣魚台豈能任由日本盤據。有一段時間，特別是台海兩岸關係相對平穩那幾年，國軍戰機緊急起飛的架次，往北飛的比往西的多，也就是為了宣示釣魚台主權。從台灣到釣魚台，比從大陸到釣魚台近多了，所以除非北京當局願意見到台灣把釣魚台主權拱手讓給日本人，否則當然應該支持台灣擁有足夠戰力與大陸一道爭取祖宗留下來的產業。

不只空軍，特戰部隊在釣魚台一事上也有重要角色。若干年前，特戰部隊經過演訓後，準備以突襲之勢攻上釣魚台，拆除日本建物，即「漢疆計畫」（最初稱「捍疆計畫」）。可是在最後一刻，上級下令取消任務。請問北京當局，國軍是否應該繼續保有堅實的戰力，召之能來，來之能戰，戰之能勝，以備有朝一日，新的命令下達，以迅雷不及掩耳之勢奪回釣魚台？

前幾年，菲律賓公務船以機槍濫射合法捕魚的台灣漁船「廣大興28號」，不但漁船彈痕累累，且漁民洪石成中彈身亡。中華民國政府在交涉之外，派遣空中戰機、海上艦隻，浩浩蕩蕩巡航於巴士海峽等域，菲國船艦、飛機全部龜縮不出，台灣總算出了多年的鳥氣，漁民更是對國軍讚不絕口。

近來，日本幫助菲律賓產製艦艇，中國大陸更是以無償方式提供砲艦、三千支各種槍械、百萬發子彈等給菲律賓。如果中國大陸不想助長菲律賓欺負台灣漁民，就坦蕩蕩地支持國軍提升實力吧！

在北京的眼裡，台灣擁有愈堅強的軍事力量，就愈會抗拒統一，所以千方百計阻撓外國提供軍備給台灣。殊不知，正是因為台灣擁有堅強的實力，知道不會被北京吞併，所以台灣才願意走向談判桌。

一九九二年，美國宣布出售一百五十架F-16戰機給台灣，是美國歷來最大一筆對台軍售，也是實質上破除了《八一七公報》設置的軍售障礙。按北京想法，這麼一來，台灣更有本錢抗統了。然而接下來的發展是：次年就舉行了歷史性的「辜汪會談」。

一九九七年，美國一口氣宣布出售近一千八百枚反戰車飛彈給台灣，還出售二十一架「超級眼鏡蛇」直升機給台灣，另外還賣了巡防艦、反艦飛彈等多項軍備給台灣。然而次年，辜汪再次會晤。

試想，如果國軍實力衰退到某個地步，沒有保台能力，台灣會不會只能成為美國、日本的被保護國？到那步田地，統一恐怕更加遙遠了。

北京有謂，台灣的軍事力量愈強，台獨聲勢就愈壯。其實，台灣的軍事再怎麼強大，也不會大到超過共軍，如何能憑藉軍事力量走向台獨？而且台灣所有群體之中，國軍是最不支持台獨的，國防部長嚴德發說「國軍不為台獨而戰」即為明證。

綜合以上，北京當局強力譴責美國對台軍售顯然是洞察力不足，如將垂直思考轉為水平思考，應該讓國軍取得現代化軍備，擁有堅強戰力以自衛，營造氛圍，提高兩岸再走上談判桌之機率。

中美「助選」歷史重演？

Y / M / D

2019.01.31

明年此時，中華民國總統大選已經落幕。今年這一年，候選人個個都要走訪美國，尤其要走訪華府，熱鬧可期。明年此時回首，將如何評價這一年？

候選人造訪華府，往往被稱為「面試」，但台灣不必因此自卑，因為站在美國人立場，希望面對面的直接了解各候選人。畢竟一旦成為總統，按美國現行政策，或者說斷交四十年來的政策，華府就成為禁地，因此只能在選前來。

台灣的總統候選人如此，美國一定等級的對台官員亦然。例如主管東亞事務的助理國務卿、國防部助理部長，在上任之前，也希望抽出時間走訪台灣，因為一旦接任，台灣就成為他們的禁地了。

兩者最大的不同，在於美國官員不在乎台灣好惡。台灣喜歡也好，不喜歡也罷，美國官員回去就上任。可是台灣的總統候選人不同，美國什麼規格接待，台灣的當事人非常在意，難免要與以前的候選人比較。更令候選人害怕的是，美國放幾句話，台灣候選人的面試可能就當掉了。

最有名的例子是二〇一二年，民進黨候選人蔡英文剛離開華府，白宮官員就對媒體放話，對蔡英文的兩岸政策以及蔡處理兩岸事務的能力表達疑慮。無疑地，蔡英文那次面試失利，之後在大選也失利，四年後重考才過關，多虧了當時民進黨駐美代表吳釗燮、辦公室主任彭光理等人鋪陳得宜，以「維持現狀」贏得了美國的信任。

二〇〇六年的馬英九是另一個例子，當時美國首次出動副國務卿會見候選人，擺明了對馬的重視。

二〇〇三年的陳水扁也是一例，當時扁過境紐約，在美國在台協會理事主席夏馨加持下，享受了前所未有的風光，也拉抬了聲勢。當時有一個民調顯示，扁與對手的黃金交叉就在那時出現。

台灣大選這事，美國人的加分、減分作用還是很大的。或許正因為如此，最近美國駐台外交官赤裸裸的對台灣的人事案說三道四，毫不顧忌的干預內政，換在任何國家，不分朝野都應立即大聲斥責，以維國格，甚至可以將之驅出境，可是台灣無分藍綠，有意角逐大位的似乎都噤聲了，蓋以不得罪美國為上策也。

這種事在台灣也不是第一次，有一回，軍購預算在立法院出現爭議，時任美國駐台代表公開批評，竟至恫嚇，台灣當時又有多少回應？

川普總統的邊界圍牆預算，把美國弄到政府部門停擺，創下歷史紀錄，可是有哪個具水準的外國駐美外交官會批評此事？美國駐台外交官又評台灣的人事，又評台灣的預算，還說「境外勢力介入台灣選舉」。這個「境外勢力」指的是美國嗎？

美國「助選」成功的案例，首推李登輝，而且不僅美國助選，中國大陸更是助選有功。那是在一九九五年，台灣首次舉行直接民選總統前夕，李登輝到母校康乃爾大學演說，引發同年及次年的台海危機。「同意李登輝訪美」因此成為柯林頓總統所說「任內在中國問題上，兩項最大的失策」之一。

台海危機造成兩岸及中美關係緊張，也就衝高了李登輝的得票。二十四年後，內政不修的蔡英文，為了勝選，勢將乞靈於兩岸牌，華府及北京為之「助選」也就歷史重演。只是全部重演嗎？還是會出現不同戲碼？甚至導致台灣難以承受之重？當權派關心誰主沉浮，然百姓死活有誰在意？

AIT一字洩台海玄機

Y／M／D
2019.03.14

一九九六年台海危機，美國派出兩個航空母艦打擊群，構成越戰結束後美國在西太平洋最大規模的軍力部署。當時美艦的確切位置，美方有意無意含混其詞，如今事隔二十多年，美國在台協會（AIT）給了正式答案：美艦當時沒有進入台灣海峽。

今年是AIT成立四十周年，AIT網站推出《AIT@40：歷史上的今天》專欄，最新內容提及一九九六年「中華人民共和國試射飛彈，爆發第三次台海危機」，時任美國總統柯林頓派出「尼米茲」號和「獨立」號兩艘航母，在一九九六年的三月八日至十一日 to patrol the area off the Taiwan Strait，意即「巡弋台灣海峽周邊」。如果是 of，當然就是美艦進入台海；可是AIT用的是 off，多了一個英文字母 f，意思完全不同，證實了某些人多年來的推斷，即美艦根本沒有進入台海。嚴格說來，AIT不但是「一字師」，更是不折不扣的「一字師之母」。

一九五〇年六月二十五日韓戰爆發，杜魯門總統在六月二十七日下令第七艦隊巡弋台海，一方面防範共軍犯台，一方面阻止國軍反攻。那可是紮紮實實地進入台海「巡弋台灣海峽」，發揮嚇阻作用。當時的實力對比，美軍自由出入台海，共軍只能望洋興嘆。

可是一九九六年，共軍實力儘管依然落後美軍一大截，但畢竟已非吳下阿蒙，尤其美國航母遠道而來，其中一艘還是結束數月的中東任務，正在返航途中。相形之下，共軍以逸待勞，且占有數量優勢，所以美軍最終並未進入台海。

一九九六年的經歷，使共軍訓練大綱中的「三打三防」出現了一九五〇年代以來的第三個版本：「打衛星，打預警機，打航母」。無怪乎到了前幾年，有人問，如果台海再生波，美國是否還會再派航母？美國國防部主管官員的回答是「我們會考慮另外的做法」云云。

當然，航母依然是美國可能的選項，至少在危機尚未發生之際，美國航母打擊群展現的整體實力，水上艦隻、水下艦隻、甲板上的各型飛機等，威風凜凜，舉世無人可與匹敵。然而，身居台灣，必須了解，美艦通過台海原因之一是台海屬國際航道，誰都可以通行。美艦在和平時期「通過」，未必等於會在非常時期「進入」。

九六年不同於五〇年，如今又不同於九六年，與其寄望於美艦在危機中進入台海，不如好好思考如何避免危機。如今很快又是大選年，會不會有人絞盡腦汁製造危機，作為窮途末路時的勝選手段？

最近有人推動讓蔡英文總統到美國國會演講，即可能產生這樣的效應。只是美國洞悉此一伎倆，經由前ＡＩＴ理事主席卜睿哲等人發話，明確表示反對，算是拔除引信。

二〇〇八年的大選，選情欠佳的民進黨在二〇〇七年下半年重施「公投綁大選」之計，且是極具挑釁意味的「入聯公投」。美國自有對策，由國務院東亞副助卿柯慶生出面，以極其嚴厲的字眼批駁民進黨政府，並說期盼台灣人民識破「入聯公投」中的花言巧語。

十二年後的今天，聲勢落後的民進黨會使出什麼花招？台海會不會重現危機？台北、北京、華府各有盤算。還好台灣選民理性、聰慧，自有明智決斷。

台灣超越了《台灣關係法》

Y / M / D
2019.04.11

紀念美國的《台灣關係法》四十周年，台灣最該自豪的至少有三，一是台灣今天的成就遠遠超越了四十年前的各方預見；二是立法時美國人最擔心的事情，如今早已走入歷史；三是台灣當時最沒有顏面的事情，如今早已造就了台灣的光榮。

請看一個數字。一九八〇年，也就是《台灣關係法》施行的隔年，台灣的ＧＤＰ在全球排名第三十七，和利比亞、泰國、菲律賓屬於同一個級別。如今台灣排名高居全球第二十一名，次於土耳其。台灣的人口是土耳其的三分之一不到，面積是百分之五不到，一九八〇年台灣的ＧＤＰ只及土耳其的四成，如今相差不到百分之一，隨時會取代土耳其而成為全球經濟前二十大。

很多人記得台灣當時正在全力推動十大建設，但當時有幾人預料到台灣的經濟會如此脫胎換骨？一九七八至一九八八年間，台灣年均經濟增長率達到百分之八；一九七九年制定「十年經濟建設計畫」，把機械、電子、電機、運輸工具列為「策略性工業」；一九八〇年設立新竹科學工業園區，以優惠鼓勵投資高科技產業。中華民國迅速蛻變為新興工業化國家，技術密集型科技產業取代傳統產業，都是當時難以想像的。

第二項令台灣自豪的，是四十年來的發展徹底掃除了美國在立法時的隱憂。《台灣關係法》第二條規定「本法律的任何條款不得違反美國對人權的關切，尤其是對於台灣地區一千八百萬名居民人權的關切。茲此重申維護及促進所有台灣人民的人權是美國的目標。」當時台灣仍是戒嚴體制，黨禁、報禁、海外黑名單等等都令美國不滿，所以在第二條中，一方面強調台灣的安全，一方面強調台灣的人權。如果是今天，當不致有此附筆。

第三項令台灣自豪的，是「經國號」戰機。根據前幾年解密的美方文件，當時台灣最擔心的事項之一，是美國遲遲不肯出售新的高性能戰機給台灣。一九七八年底，美國副國務卿克里斯多福率團到台北談判，團中有美國國防部及軍方高級官員，台灣的軍方最高層級人員是參謀總長宋長志。會談中，宋長志花了很大功夫向美方強調新戰機的重要，然美國當時只盼得新人笑，無論如何就是不鬆口。台灣無奈，乃有自行研製戰機之舉，而且成功了。

那樣的場面，真是情何以堪。可是台灣終究換不來一絲悲憫，F－4，不賣；F－16／J79，不賣；F－20，不賣。所以當《台灣關係法》第三條規定「美國必須提供足夠的防衛力量給台灣」時，在當時對安定台灣的人心何等重要。十四年後，美國終於同意出售F－16戰機給台灣，可是台灣已經在此之前三年完成了「經國號」的首飛。

一位F－16戰機駕駛員告訴筆者，「經國號的性能，說明研發人員對得起中華民國。」

當年的屈辱造就了今日的光榮。

駐美代表高碩泰在《國會山莊報》發表專文，引述美國國務卿蓬佩奧談話，讚許台灣是「民主成功的故事、可靠夥伴及良善的力量」。《台灣關係法》四十年來著眼於台海安全與美國責任，台灣在安定與繁榮的基礎上，把自己鍛造成了精實的力量。

第二部

兩岸之間

關山阻隔

隔著台灣海峽，誰攻勢？誰守勢？

不停格的時間，選那一邊站？

從過往看教訓，尋和平途徑。

潑白漆就是舉白旗

Y / M / D
2014.07.03

以暴力對著來客潑灑白漆，本質上是告訴所有人「我沒有水準」。看似得意，實質上是舉起了白旗。

中國大陸國務院台灣事務辦公室主任張志軍訪台，遭到台灣極端人士暴力相向，使台灣又登上了國際媒體，而且圖文並茂，可惜不是好事，是再次傷害台灣的國際形象。

兩國交戰不斬來使

這回登上的是全美發行量最大的《華爾街日報》。報導開宗明義說道，「抗議行動演變為暴力行動」。《華爾街日報》發行量為兩百四十萬份，另有網路訂戶約九十萬。這次張志軍訪台，《華爾街日報》的關注程度堪稱全美之最，相關消息總是置於網站首頁。張志軍等人被潑白漆的照片也就傳播至廣。

照片是彩色的，可是乍看彷彿是黑白的，因為灑漆的黑島人士一身黑，濺漆的隨扈也是黑色裝扮。照片上，張志軍面無表情。其實他心裡一定暗笑，心想「台灣獨派人士就是這等水平」？

對潑灑白漆的暴民而言，這是本小利大，是精心計算過的。在台灣當前氛圍中，這種作法一定有政治利益，沒有風險，所以樂此不疲。你看他們敢不敢在美國這樣做？

在民主的環境中不循民主常軌，恣意潑灑白漆，只能說明這種人沒有最起碼的法治觀念，缺乏最起碼的待客之道。這種人只敢在溫和的自己人面前逞凶，可是面對香港海關卻如此乖順，既不扔鞋，也不吼叫，只能繼續在台灣被少數病態人士視為英雄，真是好一個「勇敢的台灣人」。

來者是客，張志軍依禮回訪，台灣少數人卻以白漆相迎。這種只在窩裡凶的小孬孬，一旦面對坦克、機槍，手裡的白漆只怕早已換成了白旗。

古今中外（古今台外？）這種事例可多了。全面抗日後，軍民處境艱辛，許多人叫嚷著要與日本和談。怪了，許多主和派正是當初狠批蔣介石不抗日的一群人。

暴民占領立法院時，嫌熱，要求立法院開冷氣。諷刺的是，後來搬出一大堆理由反對核四的，也正是這批人。

當年以色列與阿拉伯開戰後，海外某大學的國際宿舍裡，阿拉伯學生罵得極凶，以色列學生較安靜。隔天，以色列學生不見了，原來都回國參戰了。至於阿拉伯學生，繼續在宿舍的交誼廳裡罵個不停。

這種矛盾處處可見。為台灣民主坐牢二十五年的施明德曾說，左看右看，當年黨外人士就他一個人念軍校。其他人，口口聲聲要為台灣而戰，怎麼沒有一個人念軍校？難道是唯有自己絕對安全時，才會挺身而出？

在邏輯上，黑島人士不知不覺犯了極大錯誤，因為「兩國交戰，不斬來使」。以暴力對待來使，莫非沒有把張志軍視為另一國人士？

說到斬來使，日本人有這樣的劣根性。日俄戰爭前，俄國尼古拉皇太子訪日，遭日人刺傷；甲午戰後，清廷議和代表李鴻章遭日人刺傷；北伐時，日人在濟南以極殘酷手段殺害中國的外交特派員蔡公時；俱是斑斑血證。難怪有人懷疑，動輒以暴力對待來客，難道真是日本人在台灣留下的後代？

先提升支持者品質

民進黨輕描淡寫，未見譴責，反倒說「警方若確屬不當執法，絕對會進行相關懲處」。張志軍離開後，民進黨的唯一太陽告訴外國記者，要「持續提升與中國對話的品質」。其實，民進黨不妨先提升支持者的品質。不然像美國媒體這樣的報導，「歷史性訪問因為暴力相向而被迫取消三個行程」；「潑白漆、灑冥紙」；「張志軍在高雄差點被一名台獨分子扔的水瓶擊中」等等；實在不是台灣的光彩。

台灣只想守半場，必敗

Y / M / D
2016.02.18

台灣在國際社會的最大挑戰，在於朝夕面對「謀我日亟」的北京政權。當台灣進步時，別忘了對岸也在進步；無論台灣做得多麼好，對岸沒有忘記這個西方媒體常說的「叛離的一省」，朝思暮想的是祖國統一。當台灣退步時，那問題就更嚴重了，對岸可能「不戰而屈人之兵」，使台灣一如歷史上的南宋、南明，終究走上完結篇。

國民黨的路線已經成為「中華民國台灣化」，從「中華民國在台灣」變成「中華民國是台灣」，早已不思進取。而民進黨的台獨路線逐漸蛻變為「台灣中華民國化」，即「台灣已是獨立國家，國號是中華民國」。國民黨是「中華民國＝台灣」，民進黨是「台灣＝中華民國」，兩黨都以為保住台灣就是保住中華民國；或者說，以為把台灣治理為東方瑞士，兩千三百萬人民就過著快樂幸福的日子。然而，真的如此嗎？

這就好像打籃球。台灣全力防守半場，絕不跨中線一步，自認為只要自己的半場滴水不漏，就天下太平。可是對方從不以它的半場為滿足，總是爭取每個機會越過中線。台灣成功的防守了三十九分五十五秒，只要一個差池，對方得分，台灣就輸了。

難不成防守的一方五人一字排開，看到對方接近，將之撲倒在地？那是橄欖球的招數。試問台灣還有幾人願意如此奮不顧身？在一次又一次肆無忌憚的踐踏國軍尊嚴後，這時候需要國軍了？

拿破崙的父母是「科獨」，主張科西嘉島獨立。但是拿破崙知道，唯有「愛科西嘉的人」掌握法國政權，科西嘉島才能真正和平、繁榮，所以他沒有走「科獨」的路，而是最終成為法蘭西皇帝。

孫中山是廣東人，廣東西化最早，是中國最現代化的一省（近代鄧小平改革之後，全國GDP第一個超越台灣的省分即是廣東）。但他知道，沒有民主昌盛的中國，廣東的「確幸」如何能夠確保。所以他號召的革命不是「廣獨」，而是如其遺囑所敘：「其目的在求中國之自由平等」。

不求進取的結果，就是自我退化，今天的台灣即是例證。面對中國大陸，台灣明明享有諸多優勢，卻因為種種因素而妄自菲薄，於是社會淺薄，見識短薄，最終也就資產日薄而境遇險薄了。

荷蘭的面積只比台灣大五千平方公里，人口只及台灣的三分之二，卻曾是全球航海及貿易最強大的國家之一，還曾統治過台灣。

一九三一年，毛澤東、項英、張國燾等人在江西瑞金建立「中華蘇維埃共和國」，發布公告稱「從現在起，中國疆域內有不同的兩國，一個是中華民國，……另一是中華蘇維埃共和國」。這份公告比李登輝總統的「兩國論」早了六十多年。當時武裝割據的紅色區域，面積一共是十六萬平方公里，占全國面積的百分之二不到，卻在十八年後奪取了全國政權。

最近華府「榮光會」慶祝春節，駐美代表沈呂巡提出前一天美國商務部發布的數據，很自豪的說：「諸位面對的，是美國第九大貿易夥伴的駐美代表。」台灣超越印度，這是很了不起的成就。印度幅員比台灣大九十倍，人口比台灣多五十倍，擁有全世界最多的工程師、科學家，有核武，有航母，可是台灣對美貿易勝過印度。

曾獲諾貝爾獎的蘇聯大文豪索忍尼辛曾說，中國人比俄國人幸運，因為「上帝給中國保留了台灣」。卅多年過去，台灣對全中國的影響力還有幾分？

孫中山過世，蔣渭水在台灣舉辦追悼會，在北京大學讀書的台灣學生寫下輓聯：「三百萬台灣剛醒同胞，微先生何人領導？四十年祖國未竟事業，舍我輩其誰分擔！」這是何等氣魄，何等襟懷！

日寇投降後，蔡英文、蘇嘉全的屏東同鄉，因為敢言而有「郭大砲」之稱的故立法委員郭國基向當局請命，願率精兵拿下香港。郭國基後來對陳誠說：「你們這些外省人，太小看我們台灣人了。」

台灣人如何不被小看？

時間不在蔡英文這邊

Y / M / D
2016.09.01

華府智庫一連兩篇專文談到蔡英文總統治理下的台灣走向，可以得出同樣結論：時間不在蔡英文這邊。

一篇是美國在台協會前理事主席卜睿哲在「布魯金斯研究院」網站發表的「台灣安全政策」，日昨本（《中時》）報曾有專文評析。卜氏文章最令台灣驚心的應是這段話：當美國與中國大陸的實力消長至某一程度時，「美國可能會改變對台灣的安全承諾」，「這種思考早已見諸於『棄台論』」。

三個多月前，卜睿哲評價蔡英文的就職演說，說「希望（演說內容）是兩岸未來互動與互信的新起點」。兩相對照，卜氏如今顯然多了幾分憂心。

另一篇文章刊登在《外交家》雜誌網站，由成立未久的智庫「台美關係研究中心」（Institute for Taiwan-America Studies）的三位董事王燕怡、巫和怡、王福權執筆，題為「蔡氏拒絕九二共識，給台灣造成麻煩」。文章開宗明義指出，從現代民主發展史可以看出，如果領導者上任一百天沒有什麼表現，權力和威望以後會一直下降。

又說，兩岸關係走到這個地步，蔡不能再持續玩「猜猜看，我的底線是什麼？」這種把戲，不能無視於台灣的風險，否則因為九二共識而獲致的交流成果會繼續被掏空，會把台灣一步步拖向死胡同。

美國檢視百日政績，起自羅斯福總統年代，當時正值全球經濟恐慌，人民期盼殷切，羅斯福根據法定的行政權力，一口氣頒布了十五項重大改革，包括金融、急難救助、工業振興等，歷史學家說他是打鐵趁熱（strike while the iron is hot）。其實羅斯福真正的貢獻是在後來，例如建立存款保險機制等等，但上任最初那一百天的舉措穩定了民心。他成為美國最出色的總統之一，那一百天已經看出端倪。

柯林頓總統的政治顧問華德曼（Michael Waldman）說，百日的真正價值在於讓人民認識新總統的風格並建立對新政府的信心。雷根百日內提出大規模的減稅方案；詹森百日內提出影響深遠的民權法案；兩人後來都連任成功。相反的例證是卡特總統，上任已百日，國會尚未感受到他的溫暖。或許卡特認為民主黨在國會占多數，都是自己人，致有此誤。總之卡特競選連任失敗。

以百日來評價是否公允，有人支持，有人反對。不過曾有專家對洛桑「國際管理學院」的學員（都是高級主管）做過民調，百分之八十七認為上任最初幾個月是最大的挑戰；百分之七十認為「這段期間的成敗，是整體成敗的重要指標」。

一次大戰時，美國總統威爾遜在決定是否參戰時，先休假兩個星期，讓自己完全放空，這在今天大概會被譏為不察民瘼、冥頑不靈吧！在某些國家，二十四小時播出的新聞頻道、不斷更新的即時新聞、無所不在的網路訊息、加上大前研一所說的「低智商社會」特徵之一「集體不思考」，領導人如果不能在百日之中贏得人民的信心，幾乎註定往後的日子不好過。

回頭看看蔡總統的一百天，憾事頻傳，未必都能怪她，但她的舉措能否讓人民建立信心？她在就職時說「總統該團結的不只是支持者，總統該團結的是整個國家」；請問她是師法中共政權「反右」等鬥爭，給反對黨貼上永遠的標籤（不當黨產），藉以團結國家？新政府以有爭議的手法處理各種爭議，結果誰都不滿意，弄得似乎人人都要罷工，人人都要上街頭，這是她在就職演說強調的「有效率的民主」？她說要打造不被意識形態綁架的「團結的民主」；只怕因為她的種種舉措，不到一百天，台灣社會的對立已經更加嚴重了。

面對小英，北京擺出十二字

Y / M / D

2016.10.20

大陸一個老牌的台灣研究機構，也是最具影響力的台灣研究機構之一，旗下幾位專家最近連袂訪美。他們熟悉美國，美方熟悉他們，重要的是，他們極其熟悉兩岸關係。在不公開的談話中，他們表述了「十二字方針」，是北京當局面對蔡英文時的最新立場。

這十二個字是「守住底線；施加壓力；展現善意」。底線當然是九二共識，但蔡英文至今不鬆口，北京當局乃放寬為「歷史事實與核心意涵」。到目前為止，蔡英文承認九二年的兩岸會談等歷史事實，但對於「一個中國」等核心意涵，未予承認。這麼一來，僵局依然未解。

現在北京當局再予調整，希望蔡講清楚兩岸關係的性質，因為李登輝在一九九九年提出「兩國論」，蔡英文支持；陳水扁在二〇〇二年提出「一邊一國」，蔡英文也支持；現在北京當局的基本期待是蔡能夠清楚表明「兩岸到底是不是兩國」。

北京當局了解，要蔡講出「兩岸同屬一個中國」，要求太高。因此只要她講出「兩岸不是國與國的關係」，北京當局就覺得可以了。

北京既然有此期待，就依然等待蔡繼續做答。一位學者強調「北京到今天都沒有說現在要收卷了」，意思就是「繼續給妳時間，我們可以等」。北京也沒有訂出收卷的時間表，總希望蔡能給個北京可以接受的答案。

在等待之際，北京當局會施加壓力。如果沒有壓力，蔡會以為過關了，以為現狀就此維持住了。有位學者說，為了不讓蔡的種種說法矇騙台灣人民，北京必然要施加壓力。這是因為蔡有談判性格，又擅長談判技巧，不到最後一刻不會出牌。蔡把牌抓在手裡，仔細揣摩對方怎麼出牌，自己再慢慢回應。蔡既然以談判思維與大陸交手，大陸也就不得不藉由施壓以促蔡讓步。

這個壓力當然包括宋楚瑜出席亞太經合會議（APEC）峰會一事。一位學者表示，宋去不去得成，他不知道，不過「我個人堅決反對讓宋去」。理由是「如果派一個安安靜靜、老老實實的人，還好辦」；但宋不一樣，「到了那個場合，他會想盡一切辦法擴大他的聲勢」。學者還說，宋的「太太不在了，就更不受約束了」。

座中一人問道，施壓，是否包括台灣的邦交國？一位學者未予否認，並回應道，大陸過去作法有時太過粗糙；今後不妨等這些國家與台灣斷交一段時間後，大陸再與之建交，就像甘比亞（大陸稱為岡比亞）在二〇一三年十一月與中華民國斷交，北京則到今年三月才與甘比亞建交。

至於十二字方針中的「展現善意」，則是針對台灣社會而言，意即加強民間交流，但方式要調整。過去幾年，交流的主平台在台灣，一年總有三、四百萬人到台灣參訪；今後大陸會多多邀請台灣各界人士赴大陸，讓他們實地認識與感受今天的大陸是什麼模樣。

兩岸民間本來沒有什麼敵意，現在情況逐漸改變，大陸人民對台灣的觀感愈來愈不好，結果是限制了北京的政策調整空間。台灣人民對大陸如果愈來愈不友善，則不論誰當政，台灣的官方恐怕都很難和大陸接近。如今不論台灣或大陸，理性的聲音在網上存活空間正在限縮，「展現善意」益發顯得重要。只是在北京強調展現善意之際，台灣的執政當局或別有用心之人，會不會反其道而行，藉由分化、對立、甚至仇恨，以強固分離意識？

台海最後一場空戰

Y / M / D

2017.01.15

就在共軍「轟-6K」轟炸機繞飛台灣、航母「遼寧號」穿越台海之後，兩岸悄悄度過了最後一場空戰五十周年的紀念日。

一九六七年元月十三日，台海爆發空戰，那是兩岸在軍事上最後一次直接對抗。國軍的勝利確保了迄今半世紀的和平。除了演習，台灣再也沒有發過防空警報。人民安居樂業，很多人天真地以為和平是天經地義的。

那場空戰，國軍F-104戰機擊落兩架共軍米格19戰機，所以是二比零，國軍勝。可是共軍宣稱是共軍以一比零獲勝，這是因為F-104編隊回航途中，駕駛三號機的楊敬宗少校失蹤，共軍稱是遭共軍擊落。

退休航太工程師、軍史專家王立楨說，空戰當時已結束，正在返航，領隊蕭亞民中校要求僚機報數。二號機胡世霖上尉、三號機楊敬宗少校、四號機石貝波上尉均無恙。但沒有幾分鐘，約在澎湖西邊空域，耳機裡突然傳來「哎呀」一聲。蕭亞民再度要求報數，已經無楊敬宗的聲音。

如今蕭亞民、首先擊落敵機的胡世霖均已過世，那場空戰如今健在的只有石貝波。現居洛杉磯的石貝波回憶說，纏鬥過程中，耳機裡有聲音，但在你死我活的關頭，他根本顧不上耳機裡是什麼。等到擊落敵機，才知道戰管一直在呼叫：「你已經進入大陸上空，趕快出來！趕快出來！」因為美軍絕不讓國軍戰機進入大陸空域。

那個年代，國軍戰機固然不入大陸（有極少例外），共軍飛機也不出海（除非是向台灣投誠）。換言之，整個台海空域都在國軍掌握中。但如今，就在「一一三空戰」五十周年前夕，轟-6K繞飛台灣，遼寧號穿越台海，情勢已經完全不一樣了。

王立楨說，轟-6K飛行員看著美麗寶島，心中一定想著「那是祖國河山，我們要收復她」。而「一一三空戰」的年代，國軍飛行員看著神州大地，心裡不也是想著「那是祖國河山，我們要光復她」？如今大陸的教育及思維不變，台灣的教育及思維卻教導人民一步步走向獨立，這樣的強烈對比會造成怎樣的後果？

「一一三空戰」的年代，台灣與大陸的GDP之比為一比二．七，今天則將近一比二十。這樣不斷拉大的差距，加上政治上日益升高的對立，又會造成怎樣的後果？

統一之路，悄悄展開

Y / M / D
2017.02.01

一位台商在墨西哥遇害，其家屬尋求中國大陸駐墨西哥大使館協助。陸駐墨使館隨即展開一連串行動。看到這則報導，不禁想起日本旅台作家本田善彥的文章〈台灣「這個國家」終自我解體？〉當陸方的作法愈來愈多元、包容，豈不意味台灣愈來愈難以逃避「一個中國」？

陸媒稱，使館當即派員趕往案發地點，一方面慰問家屬，一方面與檢警會面，促請對方全力偵辦。台媒稱，中華民國駐墨西哥代表處也一直和墨國檢警保持聯繫，駐墨代表廖世傑亦前去慰問死者家屬，並提供相關協助。

台海兩岸駐墨機構，誰做得多，誰做得少，是另一回事。關鍵在於：台僑家屬向陸使館求助，而陸使館也當即伸出援手，而且成效不錯，不然家屬不會說「讓所有旅居在外國的台灣人知道，發生事情的時候，中國大使館能提供最有效的協助。」

嗅覺敏銳的台海專家不久前在華府說，北京當局其實已悄悄的展開了統一之路，它不是兵戎相見的武統，不是經濟威逼的文統，而是「一步步的把台灣同胞納入整個中國的體系」。這個作法是多方面的，甚至是全方位的，前年實施的卡式台胞證就是一例；這次在墨西哥則是最新例證。

去年十一月紐西蘭地震，陸駐當地的使領館租用多架直升機，最早把僑民撤離災區。當時至少有三位台僑也登上了直升機，適用「國民待遇」。據聞其中一位在返台後說頗感遺憾，因為「為了活命，只好說自己是中國人」。

承不承認自己是中國人，是台僑的事；而努力爭取僑心，是大陸當局的事。陸方伸出援手之際，不會先問「你支持台獨嗎？」當台灣愈來愈狹隘時，大陸愈來愈寬廣。你可以說它是統戰，卻能不承認它正逐步把台灣包進「一個中國」裡嗎？

這次墨西哥事件，台灣有人不悅，說陸方「撈過界」。殊不知陸方在「國民化」的既定策略下，「你家的事，就是我家的事」，毫無越界之感。就像前年實施卡式台胞證，從宣布到生效，何曾知會台灣？

與卡式台胞證同時推出的另一重大舉措，是大陸的法院承認台灣法院的民事判決，並予以執行。這麼一來，把「兩岸」的某些法制轉化為「一國」，朝「一個中國」邁了一大步。

去年，旅居墨西哥的台僑說，以往墨西哥居留證上，母國國籍註記為「台灣」；但去年中請換發新證時，國籍已被改成「台灣（中國的一省）」。最近南美某大國一位台僑說，陸方的使領館核發護照給他，他原有的中華民國護照則繼續留著用，「不管你是港、澳、台，都是一個中國的一部分」，所以都可獲得護照。

除夕前兩天，陸駐美大使館舉辦春節餐會，規模空前盛大，某高階外交官說，「我們盡量滿足各方需要」，因為既然同屬一個中國，近悅遠來，多多益善。

本田善彥認為，兩岸關係惡化等因素，使台灣可能像東德那樣「比預估還短」就解體了。當領導者認知錯誤、社會對立加劇、政策破敗、民心渙散，又趕上對方以恢宏的氣勢海納百川，這一方的消失也就不令人意外了。

《兩岸人民關係條例》剝奪退休金？

Y / M / D
2017.07.09

行政院院會通過《兩岸人民關係條例》修正草案，嚴格管制退役將領或政務官赴大陸，甚至可以剝奪他們的退休金。這樣可怕的規定如果要在國際上找先例，有的，俄羅斯。相對的，在民主國家，例如美國，即使叛國，退休金通常也不受影響。

政府無權剝奪退休金，是基本的法理，也是民主國家通例，即使俄羅斯也不例外（後詳）。這無關兩岸關係，也無關國家忠誠，而是人類社會的契約行為。退休金是對退休人士一生勞動之酬謝，也是退休人士不必（或不能）工作之後的生活、醫療等費用來源。薪酬是因為「工作一段時間」而獲得，退休金則是因為「工作一生」而獲得，都是契約行為。他今天犯了錯，你不能追討他昨天的薪酬；同理，他今天犯了錯，你不能追討他過去累積的退休金。更何況，錯不錯，爭議大著呢！

前些年，台灣國安部門某駐美人員與美國國務院某要員發生不倫之戀，被美國聯邦調查局（ＦＢＩ）查獲，引起軒然大波，美國那位官員因為涉及國安而被起訴。那位官員很資深，已符合退休資格，當時各方論及其退休金是否受到影響，ＦＢＩ匿名官員斬釘截鐵的回答說：「不會。」理由甚多。其一，退休金是他投入職場時即開始累積，是他與雇主之間的約定，不能因為今日之非而全盤推翻昨日之是；他過去一生的累積，不能因為今天單一事件而剝奪，除非你能證明他一生的時時刻刻都在破壞國安。其二，退休金不是給他一個人的，而是給他及他的配偶（其配偶可能有自己的退休金，那是另一回事）以及可能倚賴他的人。其三，犯法當刑，天經地義，他也確實為此服刑，這是他必須付出的代價，但剝奪退休金是另外的處罰，不合法理；尤其你憑什麼處罰他無辜的配偶？

退休金是社會安全網的一部分，使退休人員在勞苦一生後，不致因為生活、醫療所需而求告無門。政府剝奪其退休金，就是破壞社會安全網，使被剝奪之人的生活等需要成為子女的負擔。身為子女，不認這筆帳，只好狀告政府。

報載此一草案經由多個單位會同審查，包括銓敘部、人事總處等。這些單位就沒有一個從退休金的基本精神據理力爭？還是基於「政治正確」，全都毀棄立場？

這項草案有些莫名其妙的規定，例如「不能有向象徵對岸政權的旗、徽、歌等行禮唱頌的行為」云云。試想，在大陸舉行國際比賽，如果大陸選手獲獎，現場升旗、奏歌，在場人士起立，這些都是國際禮儀；今後要麻煩大陸主辦單位，在升旗、奏歌之前，請務必先行廣播，「請台灣的退將、退休政務官立即離場，以免您的退休金被剝奪。」

行政院院會這等荒唐，不久前在俄羅斯發生過。俄羅斯兼併克里米亞後，有位俄羅斯退休警官 Suleiman Kadyrov 公開宣稱「克里米亞是烏克蘭領土」，結果被俄羅斯以「破壞國家領土完整」而起訴，最高刑期五年。當局要剝奪他的退休金，引起各方議論，有篇評論寫道，退休金「不但獲得國際法保障，也獲得俄羅斯憲法保障」，當局剝奪他的退休金，他的妻小、高堂要怎麼過日子？別忘了，坐牢還有免費牢飯呢。

台灣的國際笑話已經夠多了，在退休金這件事上，就別再師法俄羅斯吧！

台灣青年「出埃及」

Y / M / D
2017.08.31

一九九四年，李登輝總統以舊約聖經裡的英雄人物摩西自居，說要率領台灣人民「出埃及」（Exodus）。二十三年之後，台灣人民真的「出埃及」了，這回不是李登輝說的，而是美國專家說的，還有新加坡、香港的媒體也一家接著一家這麼說。他們指的是台灣的年輕人、尤其優秀的年輕人「出埃及」。

眾所周知，李登輝說的「出埃及」，是要脫離中國。至於如今台灣年輕人「出埃及」，則是前往中國大陸，美國《時代》雜誌的專文如是說，台北美僑商會的官方刊物《TOPICS》專題也如是說。兩份刊物取材完全不同，卻幾乎同時發表同樣觀點。

在這之前約一星期，兩家著名的英文媒體——新加坡《海峽時報》、香港《虎報》（*The Standard*）以法新社的報導為藍本，雖然沒有使用「出埃及」這個字眼，但也都是談「台灣的腦力外流」。《海峽時報》說，「邦交國棄台灣而就中國，年輕人也紛紛棄台灣而就中國，」文章的標題是「台灣年輕人超越政治，選擇在中國之工作機會」。《虎報》的標題則是「台灣年輕人調整視野」。

三千多年前，以色列人出埃及，是前往上帝應許的「流奶與蜜」之地。如今台灣年輕人「出埃及」，物質原因差不多，《時代》雜誌專文的第一句話就寫道「Money talks」（錢能說話），以二十六歲的艾迪．陳為例，他在大陸的薪水「比留在台灣的同儕高了一倍」。

也許艾迪．陳是特例，不過《TOPICS》指出，中國大陸的大學畢業生第一年平均月薪約合新台幣三萬七千元，比台灣高了一大截。要知道，大陸平均國民所得只有台灣的三分之一。《時代》說，一九九九年，台灣的大學畢業生第一年平均月薪大約是美金九百元，去年是美金九百二十五元，也就是十七年只增加不到百分之零點三，於是很多年輕人「當然選擇更加務實的方向」。

《時代》說，「大約四十二萬台灣年輕人為了較高的待遇而到中國就業。」這是官方數字，《TOPICS》稱，非官方統計顯示台灣勞動力流往大陸的「可能在一百萬至兩百萬之間」。台灣十五歲至六十四歲的工作年齡人口在二〇一五年達到最高峰，計一千七百三十八萬人，之後逐年下降，所以流失一百萬至兩百萬是個很嚴峻的數字。正因為如此，《時代》的標題是「台灣正遭受鉅量腦力外流之苦，主要受惠者是中國」。尤其統計顯示這些外移勞動力當中，百分之七十二點五具有大學或更高學歷，是台灣的危險信號。

吸引台灣年輕人的，不只是待遇，還有更高的展望與期待。三十三歲的 Katherine Wang 到大陸和志同道合的朋友一道創業，面對廣土眾民，她「立志闖出個名號，把我們的事業遍及全中國」。一位匿名男子說，他固然在政治上支持台獨，但他知道在大陸工作有助於他邁向國際。正像二十二歲的凌光萱（Ling Kuang-hsuan，譯音）說的，她決定到北京大學念研究所，因為北大的名聲有助於她的未來，「很多跨國企業在中國大陸有分公司，在台灣沒有」。

外國人注意到台灣此一危機，難道台灣自己沒有注意到？可是即使注意到又做了些什麼？大陸官方制定「海外高層次人才引進計畫」，其條件之優渥，連美國都擔心腦力外流至大陸，遂有「再工業化」之議，藉以留住並吸引人才。至於台灣，「前瞻計畫」固然有人才培育等項，可是比重、方向、重心、順序等俱受質疑，難怪國策顧問朱武獻說「龐大舉債卻不是投資在台灣人才的未來」。我消彼長，令人憂心；更令人憂心的是，這已是台灣的重大問題，我們憂心的程度卻還不如外國人。

大陸把蔡政府晾一邊

Y / M / D
2017.09.13

二〇一五年六月蔡英文以準總統候選人的身分訪美，在智庫演說及現場答問時，展現的態度是要美國放心，要中國大陸安心，要台灣人民對她有信心。轉眼兩年過去，人民的信心直直落，美國難謂放心，北京則根本無心搭理蔡政府，也就是把蔡政府擺著，晾在一邊。

蔡英文以及其高層官員不時予美方一種印象，謂蔡政府與北京之間維持著良好的暢通管道。最著名的例證是說國台辦主任張志軍已不獲習近平信任，台灣不急著與張打交道云云。言下之意，民進黨方面另有祕密管道與北京直接溝通，而且層次極高，張志軍算什麼！

了解兩岸情勢的人士透露，美國方面對所謂「民共間的祕密管道」極感興趣，專門為此派員到北京了解，結果得到的答案是「沒有」。至於「張志軍位子不穩」之說，乃是夜行人吹口哨的壯膽之舉，唬弄台灣人民罷了。

最近台北市主辦世大運，國台辦交流局長黃文濤列名代表團中，台灣方面因此傳出樂觀期待，然而黃在台灣談了什麼？答案是「沒有」。事實上，大陸代表團縮小規模，並且派出的多是二軍、三軍等儲備選手，其對台態度如何，已經再明顯不過。

近日華府兩岸時事論壇社組團訪陸，陣中多係對兩岸事務有深刻理解的人士。此行與大陸的涉台系統多次交流，每每有欲罷不能之勢。訪客最關心的議題之一是兩岸走向，尤其幾位很早就參與兩岸交流的人士，對兩岸由熱而冷至感痛心，關切之情溢於言表。

他們普遍得到的印象是：大陸方面成竹在胸，彷彿不再以台灣為對手，對蔡英文「答卷」一事也不抱希望。整體而言，戰略上固然具有急迫感，戰術上可是好整以暇。

要迎接「兩個一百年」（二〇二一建黨百年，二〇四九建政百年），大陸方面當然對兩岸走向懷有使命感，是為戰略上的急迫。但在戰術層面，大陸沒有急迫之必要，因為現實上，兩岸綜合力量的對比愈來愈大，例如GDP；趨勢上，兩岸正呈現相反方向，例如愈來愈多的台灣人民赴大陸就業、創業，導致台灣的人才流失。

民進黨政府造成兩岸進展停滯，連帶造成台灣在國際社會多方受挫。民進黨或是兩手一攤，說「中國打壓」；或是高聲斥責，說「中國打壓」。其實北京何需打壓？在現實的國際政治中，大陸的地位已使它往往不需要刻意做什麼。舉例言，巴拿馬與中華民國斷交，是早在二〇〇八年就該發生的事，虧得馬英九政府積極改善兩岸關係，使北京硬是不答應巴拿馬。等到換蔡上台，這廂拒絕九二共識，那廂也就不拒絕巴拿馬了。

國際民航組織（ICAO）是另一個例子。馬政府任內，台灣在二〇一三年出席了三年一度的大會；等到蔡政府上台，台灣就去不成了，膝蓋式的反應說「北京打壓」。然而，與其說北京在二〇一六年做了什麼，不如說北京沒有做什麼。兩岸不通，北京不搭理蔡政府，台灣只能坐實「亞細亞的孤兒」。

北京把民進黨政府擺在一旁，等待台灣轉變。等台灣換了執政者，或者執政者換了思維，兩岸又將是另一番氣象。只是，誠如華府兩岸時事論壇名譽顧問、前海基會副祕書長李慶平說的，台灣每更換一次執政黨，大陸就調整一次對台作法，這不是讓台灣人民打擺子嗎？

第三部

蔡英文挑戰重重

小英謙卑，謙卑，再謙卑！

治國政績如何？外交成果怎樣？

發自美國首府的關注，評論了那些事件，喚起檢視？

太平島、慰安婦，誰扯後腿？

Y / M / D
2016.01.07

菲律賓就南沙群島主權爭議提請國際仲裁，其委託的美國律師瑞克勒（Paul Reichler）在華府夸夸其談。展讀這位大律師的辯辭，愈讀愈覺得眼熟，原來他引用的是台灣的學者論述。

海巡（以前是國軍）官兵在第一線捍衛太平島海疆，後方卻有人高喊「放棄主權」。學者為了證明「放棄主權有理」，列出一堆理由；明明錯誤，卻已讓菲律賓見獵心喜：「看，你們台灣自己的學者都這樣說了，你們還有什麼話說？」

學者刊登在《台北時報》的論述，從頭到尾不稱「太平島」，而是使用菲方用語「伊圖阿巴」（Itu Aba，這個名稱源自馬來語，意為「那是什麼」）。當然文章中也不使用「南沙」一詞，而稱 Spratly。

菲方律師說島上「除了陽光、空氣，其他所有生活必需品都必須由台灣供應」。這段話幾乎完全套用台灣學者之言。又如稱島上沒有淡水、沒有出產等，亦以台灣學者之言為佐證。

其實太平島有四口井，每天供應淡水六十五噸；水質最佳的一口，淡水含量高達百分之九十九。島上種植蔬果，豢養家禽、家畜，內政部長陳威仁最近率團在島上進餐時，食材包括絲瓜、苦瓜、椰子及雞肉等，全都產自島上。

台灣學者漠視事實，簡直是在不知不覺中「資敵」。還好，美國智庫主持公道，「戰略暨國際研究中心」（CSIS）所屬的「亞洲海事透明倡議」（AMTI）固然訪問瑞氏，但也訪問我國駐美代表沈呂巡，而且一口氣刊登了二十五張照片，詳盡介紹太平島近況。

AMTI第一句話即稱太平島是南沙「最大的天然形成島嶼」。二十五張照片包括淡水水井、種植作物、豢養動物、生態環境、醫院設施、機場跑道、新建燈塔及訪賓生飲淡水等，充分證明太平島完全符合「聯合國海洋法公約」（UNCLOS）第一百二十一條規定之「島嶼要件」：能夠維持人類居住及本身經濟生活。

自己同胞猛扯後腿，幸好有國際聲音主持公道，這真是台灣的悲哀。這種悲哀，太平島不是唯一的例證，日本在二次大戰時強徵性奴隸（日本厚顏無恥的稱為「慰安婦」）一事何嘗不然。日本與南韓就慰安婦一事達成協議，台灣很不滿，可是台灣自己不爭氣，能對日本怎麼樣？

在這件事上，日本不理會台灣，這是可以預料的。因為：所謂「台灣不滿」，到底有幾個台灣人不滿？國民黨政府固然不滿，民進黨政府會不滿嗎？台灣的有識之士不滿，可是煽惑學生運動的人會不滿嗎？南韓不分朝野要向日本爭個公道，男女老少齊心協力要討回慰安婦的尊嚴。可是台灣既有前總統說釣魚台是日本的，又有年輕人說慰安婦是自願的，你還寄望日本尊重台灣？

我們還記不記得一句話：團結力量大？

人必自侮而後人侮之。南韓在日本大使館前設置慰安婦銅像；在美國國會推動決議案譴責日本；在華府向到訪的日本首相安倍晉三抗議。台灣呢？有人說「我們說慰安婦是被迫的，日本人會不會不高興？」其嗲聲怯懦，其唯恐母國不悅之狀，距自我作賤已不遠，還談什麼據理力爭。莫非這些人打從心底認為慰安婦隱忍終生才是道理？莫非這些人的阿祖當年藉著慰安婦牟利？

台灣學者說，「陳水扁總統在卸任前登上太平島，但是又怎樣（but so what）？」問這種問題之人，究竟有沒有聽過「國家尊嚴」或「民族氣節」或「領袖風格」？

這讓人想起了電影《鐵娘子》中的一幕。福克蘭島戰役時，美國國務卿海格力勸柴契爾夫人放棄福克蘭島，因為「數千哩之外，人口不多，不具社會及經濟重要性……」。語音未落，正在沏茶的柴契爾回應道：「就像夏威夷？」

會不會有一天，我們的子孫寫道，「數千里之外，人口不多，不具社會……，所以我們的祖先把領土拱手讓給曾殺害我國漁民的菲律賓？」

蔡總統要不要籲請日本政府向台灣原住民道歉？

Y / M / D
2016.08.03

蔡英文總統在總統府向台灣的原住民道歉，儘管出現一些爭議，但我寧願相信她是誠心誠意的向原住民表達懺悔之意。不過外來移民向原住民道歉的同時，蔡總統是否應該籲請日本政府也向台灣的原住民道歉？為日本以毒氣及通電鐵絲網對待原住民而道歉。

亞洲第一場化學戰役發生在何處？答案是：霧社，一九三〇年，即電影《賽德克．巴萊》描述的霧社事件。那場抗日行動，賽德克全族一千兩百人之中，六百四十四人死難，包括兩百九十人因為不願受辱而自盡。但事情並沒有結束，倖存的五百人，全數遭日軍繳械並集中管束，結果是敵對部落來襲時，賽族人手無寸鐵，凡十五歲以上的男子全數遭到砍頭。史稱「第二次霧社事件」。

最令人髮指的是日本當時使用了毒氣。當時已有一八九九年《海牙公約》及一九〇七年《第二次海牙公約》，都禁止使用毒氣。但致力追求「脫亞入歐」的日本全然漠視歐美國家的人道思潮及國際公約。日本當時使用「糜爛性彈藥」等字眼，試圖欺瞞世人，但從倖存者敘述「皮膚發爛、頭疼、非常痛苦、只想一死了之」等即可了解真相。最後連日本國會都看不下去，致有日本政府撤換總督之舉。

原住民的本性是很溫和的，學習能力也強。當時日本據台已三十餘年，漢人能以日語與日人溝通者僅百分之二十五，原住民能以日語與日人溝通者卻高達百分之九十五，所以原住民起而抗日實係忍無可忍，即如當時擔任教師的花岡一郎與花岡二郎（均切腹自殺）在遺書中所言，賽德克族人「因不堪苦役而起事」。

日本違反人道的還不止於此。日本後來找到率眾起事的莫那魯道的遺骸，竟然公開展示，還責令部落倖存者派代表下山觀看。不久又在台北的「警察展覽會」公開展示，之後送到台北帝國大學（即今天的台灣大學）當作人類學標本。

台灣討論日人據台史，有時因為立場而出現意氣之爭，殺戮數字也因此出入很大，本文因此從英文著作著手。史丹福大學有一篇研究報告，題為〈從日本對韓國及台灣的占領說明種族偏見〉，其中有這麼一段：「各種反叛行動都被立即且暴虐的平息，例如一八九六年的多起反日活動，三十個村莊被摧毀，且半徑五哩（按，約合八公里）內所有人都被殺死。」這段敘述讓人想到，台灣一些抗日活動完全未見記載，原因就是日本不留一個活口，徹底清洗。

前幾年才去世的美國傳教士柯饒富（Ralph R. Covell，曾把新約聖經翻譯為太魯閣語）著有《台灣山中的五旬節》（*Pentecost of the Hills in Taiwan*）一書，其中寫道，霧社事件後，日本在台灣大規模擴建「隘勇線」，架設高六公尺的通電鐵絲網，全面圍堵尚未同化的原住民，凡試圖翻越、闖過者，死路一條。這個「電網」起自台北，經台中，一直到台南、高雄。後來連東部也建起來了，總長將近五百公里。

柏林圍牆長一百五十五公里，日本在台灣架設的電網長度三倍有餘。柏林圍牆建於一九六一年，日本在台灣的電網早了半世紀以上。德國人翻越圍牆而遭東德軍警射殺的前後計八十人，台灣原住民因觸電網而死的數以千計。

如果為霧社事件設立了紀念碑的中華民國政府尚且要道歉，那麼造成霧社事件、手段凶殘的日本政府豈不更應道歉？中華民國政府在一九七三年把莫那魯道的遺骸送回霧社安葬，尚且向原住民道歉，那麼一再展示遺骸並將之作為標本的日本政府，難道不需道歉？

蔡英文總統寫日記嗎？

Y / M / D
2016.09.14

蔡英文總統上任不到四個月，似與人民群眾漸行漸遠。國家發展沒有前景，整個社會陷入苦悶，她的反應卻是日益冷漠。筆者很好奇，她寫日記嗎？如果寫，會怎麼寫？

「九一」記者節當天，她禁止媒體提問；軍公教為爭取尊嚴走上台北街頭，她在台中的回應是「我們走我們的行程」。當年陳水扁總統的「有夢最美，希望相隨」好歹還伴隨執政了數年，如今蔡英文的「謙卑、謙卑、再謙卑」不過數月已成為最大笑柄。

《白宮浮沉錄》（*The Agenda Inside The Clinton White House*，直譯為「柯林頓的一千天」）一書，以柯林頓任期最初三年的經濟政策走向為主體。柯林頓從當選到就職，計兩個月十六天，按書中所載，其間最花功夫的是如何提振經濟、兼顧社會公平、照護低收入者。大大小小的會議、簡報、溝通，不知凡幾；各種爭執、妥協，以及柯林頓發火，也不知凡幾；一切努力是為了實踐柯林頓的競選諾言「上任一百天內通過經濟復甦計畫」。

蔡英文從當選到就職，長達四個多月，比柯林頓整裝待發的時間長得多。可是蔡上任之後卻完全沒有柯那樣的具體計畫。按照曾參選台北市長的連勝文說法，蔡說要解決問題，實際上卻是「以社會主義左派訴求不斷製造新的問題」；以勞資分歧為例，蔡政府無法化解，卻製造更多無謂衝突，「最後只能花納稅人錢消災，這是連最右派政府都不會做的事。」

兩岸關係倒退，社會對立升高，不平之鳴四起，黨同伐異日烈，無一不令蔡政府聲望下挫。此情此景，蔡內心感受究竟如何？她有沒有什麼想法是國人此時無法理解、卻是國家長遠發展所必須的？她會不會把這些想法保留在日記裡，留待後人公評？

上周末，史丹佛大學胡佛研究院研究員郭岱君博士在華府談抗戰史，以其主編的《重探抗戰史》切入，與僑胞熱切交流。演說連同現場問答，竟然進行了三個半小時，才因為場地另有用途而不得不告一段落。主辦單位是旅美僑領白越珠女士創立的「白平基金會」。

抗戰史之所以能夠重探，關鍵因素之一是有了蔣介石日記。例如全面抗戰之前數年，政府一再隱忍，致遭國人痛責，其實蔣早有長遠之計，蓋因國家積弱，唯有爭取時間，積極建設。所以他在日記中寫道：「我屈則國伸，我伸則國屈。忍辱負重，自強不息，但求於中國有益，於心無愧而已。」

蔣參考德國的祕密國防做法，悄悄展開各種備戰措施，包括鋪設公路、鐵路；趕築淞滬、南京各地的防禦工事；推動新生活運動以強化國民素質；計畫六年內整編常備軍六十個師等等。這一切都是祕密、低調進行，蔣寫道：「以和日掩護外交，以交通掩護軍事，以實業掩護經濟，以教育掩護國防，韜光養晦乃國家唯一自處之道乎。」他深知「中日必將一戰」，但「倉促應戰，必是自取敗亡」。

郭岱君舉另一例。抗戰軍興，淞滬、南京、徐州、武漢等戰役，國軍每一仗都打得辛苦，打得慘烈；過去把這些戰役視為各不相干，其實它們是一個整體，蔣的目標是阻止日軍由北往南打，把日軍誘到華東，使日軍沿長江從東向西仰攻，「最後目的是誘日軍深入，我們戰而不屈，拖死日本。」這個策略果然奏效。

凡此種種，俱見蔣的苦心，但蔣當時不能明說，只能保留在日記裡。後人參照其他史料，證明蔣的宏觀偉略。《重探抗戰史》大受歡迎，其來有自。當然，愈是重探，愈凸顯中國大陸某些論述的偏頗與錯誤，所以這本書在中國大陸被禁。

蔡總統把國家治理的進退失據，但她會不會在日記裡另有想法，顯示她其實是很高明的？

僑胞挺漁民，政府該汗顏

Y / M / D
2016.08.17

二戰日本投降紀念日，旅美僑胞陳壯飛博士等人走到日本駐美大使館門口，要把當天《華盛頓郵報》旗下的捷運報交給日本政府。這天的捷運報有一則僑胞委刊的全版彩色廣告，把太平島與日本的沖之鳥礁並陳，為台灣漁民伸冤，也請日本捫心自問有理無理。

這則廣告是將近三十個華府僑團和個人集資委刊的，版面由前《中國時報》資訊中心主任羅鴻進設計，登在捷運報最後一頁，也就是封底，非常醒目。本月五日，僑胞曾在捷運報委刊彩色廣告，呈現美國政府於二〇一〇年發布的南海地圖，地圖清楚標明太平「島」（Island）。那天是半版，十五日這天則是全版。

陳壯飛是大華府「亞太二戰浩劫紀念會」會長，與他一道前往日本大使館的還有大華府「新黨之友會」會長蔡德樑、「華人工學會」會長李家勝、會員周君泉，另外美京中華會館主席張和成以個人身分參加（按，中華會館一向不參與政治）。陳壯飛說，「把沖之鳥那塊小礁石和面積大上幾百倍、有飛機跑道、有淡水、有駐軍、有牲畜等的太平島做個比較，」讓大家看看公道何在？

蔡德樑指出，屏東「東聖吉一六號」漁船在距離沖之鳥礁一百五十浬海域作業時遭日本公務船扣押，船長潘健鵬被關進拘留所且遭脫光衣服、繩索捆綁等屈辱待遇，船東被迫電匯新台幣一百七十餘萬元，人、船才獲釋，「海外僑胞痛心疾首，一定要聲援漁民、捍衛漁權。」

陳壯飛也說，日本完全是「唬弄各方，欺負台灣人，是罪犯的行徑」，可是台灣的執政當局沒有作為，任由漁民遭受欺凌；「如果政府有所作為，今天就不必由海外僑胞出面了。」

最早主張委刊廣告的李家勝表示，僑胞完全是自發籌款。「這個事情是政府該做的。今天我們僑胞出來做了，你（政府）最起碼要當我們的後盾吧，但是我們完全沒有感受到。」

估計兩次廣告的委刊費用至少為美金一萬元（折合台幣三十一萬餘），但僑胞覺得這個錢值得花。如今廣告刊畢，尚有一點結餘，僑胞正在考慮是否匯給「東聖吉」的船東，或匯給自費組團航向太平島的漁民。一位僑胞說，前者受了委曲，蔡政府不聞不問；後者自費出航，代替政府捍衛國家主權，卻擔心遭到政府處罰，簡直不可置信！

蔡政府上台後，公文書對沖之鳥礁的稱呼改了，不再有「礁」字，且說要等「聯合國大陸礁層界限委員會」（ＣＬＣＳ）的裁定出爐後，再決定如何稱呼。這種重大退卻當然獲得日本歡迎。相形之下，沖之鳥礁海域雖然不是韓人的作業漁場，南韓《朝鮮日報》卻指

「日方說法毫無根據」，還說日本「是貪欲，是擴張領海」。日本為了二戰期間強徵性奴隸（日本稱為慰安婦）一事向韓國道歉，卻對台灣置之不理，難道是偶然的嗎？

立法院長蘇嘉全說台灣與日本是「夫妻關係」，「台灣哭，日本哭；日本笑，台灣笑」云云。請問蘇院長，潘健鵬被日本人拿繩索牽著上廁所，像狗一樣，屏東的家人聞之痛哭，日本也哭嗎？虧蘇院長還做過兩任屏東縣長呢！順便一問，日本厚生勞動省統計，日本人在最近一年內有過婚外情的，男性超過百分之二十，女性則為百分之十一，蘇院長認為台灣與日本誰是夫？誰是妻？

日寇投降的紀念日，蔡政府沒有動靜，《華郵》卻在這一天刊登僑胞委刊的廣告。這群僑胞與遭日本迫害、遭蔡政府刁難的漁民素不相識，卻基於義憤挺身而出。祖籍屏東的蔡總統如果看到廣告，不會感到汗顏嗎？

第一次國慶演說，蔡英文也讓蔡英文失望

Y / M / D
2016.10.12

國慶之前，熟悉台海事務的專家曾經希望蔡英文總統的國慶談話能提出「更清晰的主張」。可惜失望了。談話發表後，大陸方面認為她空談依舊，失望了；深綠人士嫌她談話的口味不夠重，失望了；藍營人士認為她的談話不能團結內部，失望了。蔡總統在談話中寄望中國大陸領導人按照她的想法行事，毫無疑問，她也註定要失望。

專家寄望的「更清晰的主張」，當然不是更明確的台獨主張，因為那只會升高對立——包括兩岸間的對立與台灣內部的對立——而是更明確的兩岸架構舖陳，使兩岸能夠因此重啟對話。然而，套用蔡在談話中所說的「我們的立場仍然一致而且堅定」，蔡的立場沒有任何新的內容，也就無從為兩岸對話注入任何新的活水。

蔡說「不會走回對抗的老路」。這是她的單方面期待，是她所說「基於對兩岸和平的共同願望」。然而，她的路線要如何使兩岸「不會走回對抗的老路」？蔡口口聲聲的「這個國家」，在她的領導下，是要使兩岸漸行漸遠，是要拉攏美日以淡出中華。蔡說「新政府跟美國、日本，以及歐洲等民主國家的關係，在五二〇之後，都有實質的成長。」這適足

說明她與對岸的關係愈來愈糟。馬英九政府的「親美，友日，和中」，在蔡政府變成了「親美，擁日，敵中」，這如何不使兩岸走回對抗的老路？

蔡說「呼籲中國大陸當局正視中華民國存在的事實」。可是，蔡是否也應正視中華人民共和國存在的事實？是不是更應誠實的呼籲台灣人民——尤其是那些幻想可以「繞過北京」的深綠選民——也正視此一事實？尤其要提醒他們，不是只有台灣有民意，負責任的政治人物更不可把民意變成民粹。

蔡說要「積極地走向世界」，「即使參與國際組織的路不好走，但我們還是會堅定地走下去」。然而，她沒有誠實的告訴國人，不好走，關鍵原因在兩岸關係。她似也從未告訴她的支持者，如果不是兩岸間的妥協，台灣連運動員都無法「積極的走向世界」，遑論其他領域。

蔡在談話中，一開始就感謝甫退休的棒球名將陳金鋒。蔡實在應該坦誠的告訴國人，不論陳金鋒，或是當天在慶祝活動接受大家歡呼的許淑淨等奧運金牌選手，他（她）們代表的「中華台北」，固然不是「這個國家」的正式國號，卻已是得來不易的兩岸協商成果。很長一段時間，台灣選拔出的好手空有國手之名，卻無法參加正式的國際比賽，何其遺憾。經由艱苦談判，兩岸好不容易達成妥協。這是一段台灣不能忘懷的歷史，也正足以說明台灣必須面對的現實。

說到歷史，蔡總統在演說中提起「這個國家」時，她不提光榮的傳統，不提共同的驕傲，而是第一分鐘就說，也只說，「曾經走過威權統治、走過族群對立、也曾經走過國家認同的尖銳對立」。這種切割，這種選擇性的記憶，令人不禁要問要如何促進團結？又如何證明蔡接下來說的「這是有史以來第一次，這個國家的所有人，可以一起好好坐下來思考……」？

蔡在演說中引述巴拉圭總統卡提斯告訴她的「妳的國家比妳想像的更大」。蔡沒有告訴國人，根據巴拉圭的「一個中國」政策，中華民國是代表全中國的唯一合法政府；所以卡提斯告訴她的，其實是「妳的國家的領土面積不是只有三萬六千平方公里」。只可惜不知「這個國家」的領導人是否有恢宏的器識體會卡提斯的用心。

蔡英文不可學習希拉蕊

Y / M / D
2016.10.26

東亞三位著名的女性領導人，北邊是韓國總統朴槿惠，中間是中華民國總統蔡英文，南邊是緬甸國務資政兼外交部長翁山蘇姬。隔著太平洋，美國可能出現第一位女總統希拉蕊・柯林頓。朴、翁、希的外交政策，有什麼可供蔡借鏡之處？

朴槿惠的父親是故總統朴正熙，翁山蘇姬的父親是緬甸國父，希拉蕊則有個做了八年總統的夫婿。與她們相比，蔡英文沒有庇蔭，卻面對著更艱鉅的挑戰。

歷任南韓領導人出訪，首站必是美國，次站是日本。可是朴槿惠一改傳統，第二站選擇了中國大陸，而且是訪美之後一個多月就去了大陸。北京當局喜出望外，當即定位為最高規格的國是訪問，國家主席習近平更是專門設了家宴予以款待。

朴槿惠不時強調自己熱愛中華文化，說自己深受馮友蘭的《中國哲學史》影響，訪問期間更使用中文演說（她早年在台灣的中國文化大學留學）。結束訪問之際，她與習發表共同聲明，強調兩國的「戰略合作伙伴關係」。二〇一五年，她又參加了在北京舉行的抗戰勝利七十周年閱兵。投桃報李，北京與北韓的關係也更朝著朴槿惠期待的方向發展。

但這一切水乳交融，並未影響朴槿惠部署「薩德」（終端高空防禦飛彈THAAD）系統之決心。這廂與北京修好，那廂也要顧及美國，不能親一個、敵一個。北京惱火之餘，只好拿另外的韓國女性出氣，例如抽換電視劇的韓籍演員。

翁山蘇姬師法朴，首次出訪的非東協國家是中國大陸，之後才是美國。北京對翁大加禮遇，且當即協調緬甸的反抗軍領袖出席緬甸政府召集的和平會議，未幾並交付兩架運－8飛機給緬甸。翁的面子、裡子全有了。

但回過頭來，翁向美國沒有少要東西，例如美國立即解除了對緬甸的經濟制裁。在北京時，翁會見的關鍵人物之一是亞洲基礎設施投資銀行（AIIB）行長金立群；在華府，她把目標指向世界銀行。

翁山蘇姬接著訪問印度，她說「亞洲兩強，緬甸都要與之交往」，因為要學習印度的國家運作——這是為了民主與法治，也要學習大陸的基礎建設——這是為了經濟與民生。要陸，也要美，還要印，切不可親一個、敵一個。

至於希拉蕊，在外交上的失著太多了。布希政府決定出兵伊拉克，時為參議員的希拉蕊投了贊成票。美國政權更迭後，希拉蕊成為國務卿，卻主張美軍撤離伊拉克，結果是伊斯蘭國（ISIS）成形，危害日烈。接下來，她支持涉及恐怖行動的埃及穆斯林兄弟會，卻又不肯認定奈及利亞的博科聖地（Boko Haram）為恐怖組織，結果前者造成埃及動亂，後者致使博科聖地更形猖狂，諸如綁架女學生、殘害無辜等，成為最惡名昭彰的國際犯罪集團。

她違反協議，硬是以軍事行動對付利比亞，結果終結了格達費政權，卻換來了全國動盪，竟致美國大使被殺。她背棄了美、俄間的默契，結果加劇了雙方不快，普丁乾脆拿下克里米亞。美國除了經濟制裁，別無他法。

日本在二〇一二年把釣魚台收歸國有，從此東海多事，當時國務卿正是希拉蕊。至於南海情勢升高，幾個重要的起源點正是她擔任國務卿之際，例如二〇一一年，她站在馬尼拉灣的軍艦甲板上，強調「菲律賓與中國的南海糾紛，美國支持盟國菲律賓」，從此美國背棄了中立，捲入了南海紛爭。

伊拉克戰爭時，大陸的GDP是美國的八分之一，今天這個數字已經變成四分之三，甚至有的機構認為是百分之九十六。希拉蕊顯然輕估了大陸的走向，又錯估了美陸關係的態勢。大陸有無意願與美國為敵，有各種說法；但可以肯定的，美國毫不掩飾的把大陸視為假想敵，這要歸「功」於希拉蕊。難怪《國家利益》雜誌稱，希拉蕊的外交紀錄「為歷任國務卿最差者」。

蔡總統可以借鏡朴槿惠，可以借鏡翁山蘇姬，更要以希拉蕊為鑑戒。

蔡英文走不出文字障

Y / M / D
2017.01.05

二〇一六年過去了，但猴年還有一個月才過完，正值「本命年」的蔡英文總統仍然沒有走出「文字障」。

弔唁泰王，把泰國的國名寫錯，這是無心的筆誤，人家沒有計較。上星期弄出個前所未有的「自自冉冉」，又把毫無對仗可言的字句稱為「對聯」，這下可好，不論中華文化專家還是台灣文化專家，齊聲批評。現在她又以負面用語「戰戰兢兢」形容國軍，實為敗筆，簡直與大陸國家主席習近平的「通商寬衣」一個等級。

民進黨上上下下，難道只有文革時的打手、寫手「王力」，就沒有語言大師「王力」？（誰是王力，下詳）九月間，習近平在G20峰會演說，把「通商寬農」錯讀為「通商寬衣」。這實在要怪簡化字，因為「農」的簡體字與「衣」很相似。如果是正體字，台灣的小學生都不會念錯，堂堂法學博士何至於高倡「寬衣」？

上周，大陸另一位法學博士阮成發犯了類似錯誤，一連幾次把著名的「滇越鐵路」念成「鎮越鐵路」。最不可原諒的是，阮成發是雲南省長，而「滇」正是雲南的簡稱。

大陸去年還發生多起這類重大失誤，多是撰稿時出錯。三月的「兩會」期間，新華社通稿，把「中國最高領導人習近平」錯植為「中國最後領導人習近平」。七月，騰訊把「習近平發表重要講話」寫成「習近平發飆重要講話」。不消說，又是一陣網路瘋傳。

此外，大陸國務院總理李克強出訪南美時，央視網站寫成「李克勤」；未幾出訪歐洲，央視網站寫成「李在強」。李克強或許想到，他的前任溫家寶當年被《人民日報》誤寫為「溫家室」。

在歐、美，這類寫錯、念錯的例子不勝枚舉，歐巴馬總統曾把俄亥俄（Ohio）拼成 Oihi。最新案例是總統當選人川普，兩個星期前，共軍拿走美國的水下探測器，川普在推特上說陸方作法是「前所未有」（unprecedented）。可是他誤寫為 unpresicented，這個字不存在，硬要翻譯，或可算是「非總統的」。

川普之錯真是「罄竹難說」，例如把歐巴馬的名字寫成 Barrack（營房），其實應是 Barack；把榮耀（honor）寫成 honer。最近一起發生在前幾天，把等待（wait）寫成了 waite，多了個 e。

多了個 e？之前最有名的例子是老布希的副總統奎爾，他訪問學校，小學生在黑板上拼寫「馬鈴薯」，明明寫對了（potato），奎爾偏偏要他在字尾加上個 e。雖然奎爾是按照學校提供的答案卡「糾正」學生，亦即學校也弄錯了，但奎爾自己該負起全責，他後來的回憶錄稱對此有揪心之痛。

不論如何揪心，錯了就是錯了。犯了這樣的錯，美國人是自己負責，大陸是下邊的扛責，蔡政府則是「我沒有錯」。其實犯錯不可怕，可怕的是鐵齒硬拗，寧可把髮夾彎到斷也不肯認錯，那才貽笑大方。

鄧小平晚年書寫條幅紀念某人，用了「名符其實」等語。鄧不放心，請北大教授王力指正。這個王力是語言學家趙元任的至交，不是文革時的宣傳組長王力。王回稱「應是名副其實」。鄧感謝之餘，說道「國家領導人寫了錯別字會影響國民的文風」，因為上行下效。這回蔡總統以「戰戰兢兢」形容國軍，固然莫名其妙；教育部回應「不便評論」，更是莫名其妙。用的對，就是對；用的不對，就是不對；「不便評論」豈不是教導下一代鄉愿？

蔡總統的ＡＰＥＣ代表宋楚瑜擔任省長時，愛將爆出緋聞，宋引用《論語》：「君子之過也，如日月之食（蝕）焉」，因為「過也，人皆見之；更（改）也，人皆仰之。」宋先生不妨勸勸蔡總統，免得她的發言人愈拗愈離譜，不中毒也可能嘴巴麻痛。

小英的哈雷花了多少錢？

Y / M / D
2017.01.19

蔡英文總統過境舊金山，出現了六十部警用重型機車開道，場面壯觀，綠營自是樂不可支，藍營則質疑這種排場是慷納稅人之慨。真正的「綠色」人士，也就是環保人士，則批評這會不會製造了太多空氣汙染。

綠營樂，樂得有道理，因為面子十足。藍營問，問得有道理，因為天下沒有白吃的午餐。進一步探究，面子也者，是自己往臉上貼金；花錢也者，可以估算得出來。

綠營稱「這是美方的高規格待遇」，這話有灌水之嫌，因為美國處理過境事宜的四原則是「安全、方便、舒適、尊嚴」，並沒有「闊綽」這一項。即使美國總統、教宗或英國女王訪美，美國政府也沒有這麼大的排場。即將宣誓就任總統的川普，喜歡擺闊，通常也只是前四、後二，與蔡總統的六十輛相去甚遠。

當然，「四原則」是美國聯邦政府的規矩，地方政府可以有自己的處理方式。就如美國國務院絕不會升起中華民國國旗，但地方政府不受此限。不過，舊金山市政府會這麼大方地派出六十輛機車？如果台灣享有如此待遇，其他國家是否也有這樣的天賜餡餅？難怪藍營要問「誰買單?」

外交部說「絕沒有出錢」,這話是可信的,因為自然有民間人士出錢。僑界以餐會款宴總統或其他過境、到訪貴賓,動輒席開數十桌,其中很多是熱心僑胞認購的,一桌就要美金上千元。請他們出錢為蔡英文擺排場,絕非難事,甚至他們也樂意而為。

事實上,美國警方提供警車開道,是「為民服務」項目之一。很多地方的警察局網站有「申請警車服務」專項,有的地方則是填張申請表即可,簡便至極。最常見的是喪禮,因為在教堂或殯儀館舉行喪禮後,大家還要移駕至墓地,如有警車開道,方便得多。

其他還有種種名目可以申請警車,例如婚禮、音樂會等等。警方基於便民、服務,只要忙得過來,通常不會拒絕。不久前,紐約某球隊到華府比賽,賽畢趕赴另一城市,即由華府警車開道。紐約市長白思豪感謝之餘,說「只要每個人都能公平享有,這樣的服務是合理的。」

當年,名投手黃平洋趕往婚禮途中,交通出了狀況,路過的警察遂為他前導,當時有人略略批評了警方。如果在美國,人人皆可申請,根本不是特權。

當然,在很多城市,申請這項服務是要花錢的。金額由各城市自訂,在小城市,通常一車一小時為美金三十多元,合新台幣一千元左右,大城市貴一些。蔡總統的六十輛,一小時需款約美金二、三千元,五小時就乘五,十小時就乘十,以此類推。

只是真有必要如此嗎？美國總統一身繫天下安危，車隊之中包括電子車、救護車等，浩浩蕩蕩，但前行、後隨的重機不過是個位數。熱心人士以六十輛為蔡總統開道，難道是給她六十歲生日的遲來禮物？

不久前，美國副總統拜登前往家鄉德拉瓦州，也許是不願錦衣夜行，竟出動多達十七輛警用重機，結果招致各方批評。倒不是因為車隊發生擦撞車禍，而是基於環保。民主黨一天到晚強調環保，卻以十七輛重機排放的廢氣做了壞榜樣。同樣強調環保的民進黨與蔡總統，應以為鑑。

小英求仁得仁，人心渙散才是危機

Y/M/D
2017.06.21

二〇〇八年此時，筆者在台北作客，承一位外交界的好友告知，「巴拿馬好一陣子就想和北京建交，但是北京不願意。」這位好友如今已持節出使過幾個國家，在外交戰線上艱苦備嘗，深切體會外交才子錢復的名言：「兩岸關係高於外交關係；大陸政策位階高於外交政策。」

蔡英文政府的兩岸關係沒處理好，外交關係怎麼會好？誰做外交部長，誰做駐巴拿馬大使，結果都是如此。就像二次大戰末期，美國掌握了海、空優勢，無論誰做日本的聯合艦隊總司令，都無力回天，山本五十六的犧牲也只是早晚問題。

木已成舟後，台灣媒體紛紛引述「知情人士」的話，說中國大陸利誘巴拿馬，又說巴拿馬「祕密運作，到確定斷交前，巴拿馬政府僅四人知情」云云。「知情人士」如果要藉此挽回顏面，無可厚非，唯實質意義不大，因為巴拿馬這最後一擊的動作固然祕密，但多年來的情勢發展，又有什麼祕密可言？

擔任過外交部長、駐美代表的程建人大使曾說過，一九七八年，他在中華民國駐美大使館服務，某日赴美國國務院交涉。結束談話後，對方起身送客。不但送到辦公室門口，還送到電梯口；不但送至電梯口，還陪著一道下電梯；不但送下電梯，還送到國務院大廳；不但送至大廳，還陪著一道走過偌大的廳堂；最後把程建人送上車，仍不離去，目送車輛開走，還站在路邊揮手道別。

這種從未見過的禮數，程建人暗自忖度「不妙」。回到辦公室，動筆發了「極機密」等級的電報。他回憶說，在大使館服務那幾年，他一共只發過兩件「極機密」電文，此為其一。這一年底，美國宣布與北京建交。

同性婚姻的熱潮消退後，美國媒體報導台灣之事不多。但巴拿馬外交轉向、中華民國與之斷交一事，不但美國媒體關注，連一向距離台灣更加遙遠（此處指的是心理距離）的歐洲，也視為大事。原因之一是巴拿馬長年唯美國馬首是瞻，美國甚至曾經出兵巴拿馬，拿下獨裁者諾瑞嘉（剛在二個多月前過世）；巴拿馬總統在出訪美國前夕有此重大舉措，是美國默許？還是瞞著美國？

三十九年前，美國國務院官員送程建人出門，全程動作就像最後揮手道別一樣，是暗示台灣「要說再見了，請君保重」。當時美國與中共一步步走向「關係正常化」，台灣有識之士固然知道大勢所趨，然而在威權體制下，很多訊息遭到過濾，以致大部分民眾獲悉美國琵琶別抱時震驚不已。如今資訊如此發達，國民對兩岸、國際之了解，遠勝當年，在去年元就月就應該預期到這個結果。那時總統大選，把選票投給不接受「九二共識」的蔡英文，就是投票支持重啟外交烽火，就是投票贊同邦交國被奪，就是投票接受台灣被阻於世界衛生大會之外等國際現實。

已故的國際法權威丘宏達教授說過，「民主政治就是自做自受的政治」。蔡英文選擇了這樣的路，過半選民選擇了蔡英文，都是求仁得仁，不應有什麼怨懟，更不必指責巴拿馬或北京，畢竟人家也有人家的選擇。只是，美國與我們斷交時，台灣萬眾一心，化危機為轉機，硬是讓那些以為「台灣很快就會落幕」的美國政客日後承認看走了眼；今天巴拿馬斷交，台灣人民有什麼警覺？不久前，財信傳媒董事長謝金河說：「企業人士個個心死。」前行政院長張善政說：「台灣要再起，端看全國人民的自覺。」外交受挫固然是警訊，人心渙散才是台灣更大的危機。

小英、川普對待軍警大不同

Y / M / D

2017.08.02

蔡英文總統與美國總統川普有很多相似之處，例如聲望都很低，而且還可能更低；例如都使社會出現各種對立，遲遲拿不出解決之道；例如都在選戰中說了不少好聽的話，一旦執政卻是另一番態度等等。

但是，兩人也有極大的不同，最明顯的例子是兩人對軍人、對警察的態度。尤其，蔡英文給上將授階，川普卻是給上等兵授勳，這個對比實在太強烈了。

幾天來，美國電視轉播了兩場白宮授勳儀式，一場對象是軍人，一場對象是警察，都由川普親頒；還轉播了川普專程到紐約給警察打氣的活動。軍人這場，是川普頒授美軍最高榮譽「榮譽勳章」（Medal of Honor）給越戰老兵麥克勞恩（Five James McCloughan）。除了麥氏，白宮把他的妻兒、兄弟、孫輩等人統統請來，至為溫馨。授勳之前，川普花了將近二十分鐘細說麥氏的英勇，說他「捍衛袍澤，捍衛國家，捍衛自由，其表現遠遠超出國家對他的要求」，因此授予「榮譽勳章」，永垂青史。

美國授勳給士官兵，並不罕見；麥氏特殊之處在於他是醫護兵。川普說，麥氏當時冒著猛烈砲火搶救傷兵，一位又一位；「砲火遮住視線，同袍想，他犧牲了。沒想到煙火散去的瞬間，看到他背著傷兵回來了。」最後，他自己也負傷，連長叫他退下，他卻拒絕，說「寧可我自己死在這裡，也不願意戰友因為缺乏醫護而死在這裡」。川普說，前後四十八小時，大雨滂沱，飲水、食物全都補給不上，至為危急，但麥氏的有死無退激勵了大家的鬥志，「三十二位官兵，竟然擋住了兩千敵軍的進攻」。從此在麥氏的單位，大家只要提到「醫護兵」（medic 或是 Doc），必然是說麥氏。

川普還說，「我再告訴大家一件事，」後來在醫院，有位袍澤受傷太重，挺不過去了，只見麥氏摟著他，為他祈禱，讓他在關愛中離世。今天授勳給麥氏，不僅因為麥氏的英勇，也因為麥氏彰顯的大愛。

當川普親自為麥克勞恩佩戴勳章時，現場有十個人鼓掌特別熱烈，他們都是麥氏當時從火線上搶救下來的傷兵。川普說，還有不在場的，正從天上俯視麥氏受勳，就是麥氏的雙親，麥氏沒有辜負他們的教導。

川普授勳給警察，要從六月間說起。當時共和黨籍的國會議員正在練棒球，突然來了一名男子，問明在場的是共和黨議員，隨即連開多槍，造成一人重傷，四人輕傷。在場的國會警察立即還擊，歹徒受傷送醫不治。川普頒授「英勇勳章」（Medal of Valor）予國會警察。他說，聽到槍聲，人的本能是尋找掩蔽，但警察卻必須壓抑本能，設法制服敵人；人的第一個反應是「躲起來，不讓壞人發現我」，警察的第一要務卻是保衛人民安全，要開槍壓制歹徒，因此而暴露自己，使自己陷入險境。

警察、軍人都是高風險行業，理應受到尊崇，川普的作法代表美國社會的共識，也說明美國人為何以從軍、從警為榮。

蔡英文擔任民進黨主席時，以最下流的字眼侮蔑軍人，一旦當上總統，卻說自己是軍人的最大靠山，其錯亂的程度令人不知哪個是真正的她。昨天以三字經侮蔑軍人，今天以美麗詞藻頌揚軍人，行徑彷彿是潑了硫酸後高喊「我愛你」，完全沒有公信力可言。

對於軍人，蔡英文換了位置也就換了觀點，還打著「改革」之名，行背棄契約之實，是活生生的「民無信不立」。真要是治國無方，導致財政無力支付當初講定的年金，那也可以號召各方共體時艱。但必須是真正的「共」，不能只要求少數人「共」，當政的卻不「共」。今天蔡政府不肯與退休軍公教「共」，只思如何把軍公教汙名化，不只背信，而且忘義。如能時光倒流，台灣很多軍警會不會寧願做美國的軍警？

蔡英文的政治豪賭

Y / M / D
2017.08.16

全台大停電，意味蔡英文總統賭輸了。在她的執政方針裡，還有很多事隱含著賭，例如兩岸關係。而且，小賭、大賭、豪賭、狂賭，正一一浮現。這種賭性，美國的川普總統也不時顯露。只是，美國地大物博，賭本雄厚；台灣呢？

蔡英文拿全民福祉為籌碼，賭台灣不會缺電，結果慘輸，全台罵聲一片。只是罵也白罵，誰叫過半數的選民把票投給了她？她有這樣的天命，台灣人民只好承受這樣的苦命，民主政治原本就是自做自受的政治。那些投票給她的，是沒有資格罵她的，最多只能罵自己看走了眼。

某獨派人士說，前總統陳水扁告訴他，做總統要有幾分賭性。陳水扁本人確有幾分賭性，可惜關鍵的幾把賭輸了。扁自認貪汙受賄不會為人所知，不料竟致鋃鐺入獄；扁認為衝撞及烽火外交可以走出一條路，不料大陸毫不客氣，美國也不買賬，弄得台美關係跌入前所少見的低谷。

蔡英文在發電一事上嗜賭，在兩岸關係則是豪賭，連陳水扁也自嘆弗如。她賭北京當局會按她的意思玩，賭北京不致對台動武，賭美、日會出兵捍衛台灣，賭台灣人民會甘願流血追求獨立，但如果賭輸，後果不堪設想。這個賭的籌碼還不是最大的，她最大的狂賭是國內政治，是台灣歷來政治人物所不曾出現的，即不惜一切要把國民黨鬥臭鬥垮。她打著「轉型」等名號，行政治追殺之實。她認為只要讓最大的對手永世不得翻身，民進黨就可以永續執政。她全然不顧這種作法的可怕副作用，就是軍心士氣動搖、教育與行政機制動盪。換言之，這種狂賭的籌碼是整個國家的存亡絕續，真是台灣四百年來的最大賭博。

川普是企業鉅子出身，經歷無數的商場之賭。執政之後，若干決策帶有賭博意味，引起諸多爭議，例如退出巴黎氣候協定等。川普最近的重大政治賭博則是與北韓之間的口頭攻防。北韓接連試射飛彈，川普警告稱，如果北韓惡習不改，將遭遇「世界前所未見的砲火和怒火」。接下來幾天，他與北韓領導人金正恩隔空互吼，弄得有些美國人甚至在社群媒體上詢問「是否該修建核彈掩體」。

但是，川普真的會對北韓動武嗎？答案是否定的，因為沒有具體動作，例如部隊及裝備前移等。川普不打算賭，因為代價太大了，就算滅了北韓，恐怕也會犧牲韓、日、美數十萬無辜性命。

金正恩同樣具有賭性，揚言說要向關島發射四枚彈道飛彈，好好教訓川普。但是最後關頭改口了，說觀察觀察美國態度再決定是否試射。其實他知道，這一把如果賭輸了，可能四枚全數遭到攔截與殲滅，平白讓美國及盟國有個實彈測試的機會。此外國際制裁必是空前「壓力山大」，沒看到聯合國安理會剛通過的制裁案已是十五比零？萬一飛彈落到關島，那可意味著戰爭，北韓將面臨亡國之禍。所以說，本錢小，就別玩太大的賭。

台灣又何嘗不是？幾十年累積的本錢，能禁得起多少折騰？蔡執政一年，台灣因此充滿了希望？還是內外交迫，日益窘困？

巴拿馬棄中華民國而去，台灣罵巴拿馬，罵大陸，殊不知選民在去年元月十六日選擇了蔡英文，就是選擇了被政治上的大家樂、六合彩牢牢綁架，脫身不得。

李顯龍與蔡英文

Y / M / D
2017.10.26

全世界的媒體都在關注中共「十九大」之際，新加坡總理李顯龍訪問美國。長期關注亞太情勢的人士當即想到，「這個時候」，新加坡高層就到美國來了。

所謂「這個時候」，指的是美國與中國的最高層對話。這次是川普即將在下周啟程訪問亞洲等國。不知多少次，到了「這個時候」，新加坡高層就出現在白宮。從李光耀到李顯龍，父子倆都是美國總統就中國問題請益的重要對象。

胡錦濤擔任國家主席時訪美，之前沒幾天，一輛黑頭車悄悄駛進了白宮庭園，車前插著新加坡國旗，原來是新加坡內閣資政李光耀作客。這項活動沒有列在布希總統的公開行程裡；白宮沒有舉行迎送儀式；不論一般民眾或主跑白宮新聞的記者，幾乎都不知道李光耀到美國來了；白宮事後也沒有發布李光耀與布希的會談內容。但白宮極重視這項「私人行程」，因為布希團隊在與胡錦濤會談之前，要先聽聽李光耀怎麼說。

二〇〇九年十一月，歐巴馬總統訪問中國，行前一個多星期，李光耀又作客白宮，而且白宮和布希政府作法一樣，未公布會談內容。李光耀到訪，原因無他，歐巴馬要先聽聽李光耀的意見。

如今李光耀已逝。川普訪問大陸之前，把李顯龍請來，聽聽他的意見。有趣的是，李顯龍在啟程訪美前，先到大陸訪問，見了習近平、李克強、張德江等人。

新加坡保有中華文化傳統，又早早接觸西方思維，所以比美國了解中國，也比中國了解美國，故具備其他各國所無的強項。李光耀本人是華人，在英國殖民地中成長，接受的是西方教育，所以懂中國，也懂歐美，在舉世各國領導人之中難得一見，成為他縱橫國際的重要資本。

李光耀訪問大陸逾三十次，從毛澤東、鄧小平到習近平，他全都見了面。他訪問美國也多達二十四次，尼克森以降的歷任總統，他大概也都見過了。大陸媒體曾形容他「能將中美當作棋子，玩弄於股掌之間」，例如江澤民第一次以國家主席身分訪美時，「不少細節都是李光耀面授機宜」。

新加坡這種特殊角色，世界上還有一個地方也具備，就是台灣。台灣難道不比新加坡更了解大陸？可惜有人操弄，因此不但對大陸誤解日深，也造成大陸對台灣誤解日深。而在民主發展上，在戰略安全上，台灣難道不比新加坡更接近美國？可惜有人心理偏差，把籌碼全押在美國，反倒使美國有所疑懼，害得台灣禁不起風吹草動。結果就是一句話：台灣白白糟蹋了本錢。

這幾年，新加坡與大陸的關係不似以往，以至於新加坡部隊在台灣受訓使用的裝甲車在香港被扣兩個多月。關係不睦，其中有南海因素，也有美國因素，所以李顯龍在前往華府之前，無論如何也要先到北京一趟，否則如何平衡？在北京停留期間，他不但讚揚大陸的「成功、繁榮、自信」，還承諾「新加坡明年擔任東協主席期間，會致力改善東協與中國的關係。」

蔡英文與李顯龍年齡相近，求學經歷相近。李顯龍一度親美、遠陸，但很快加以調整；蔡英文只顧親美，不但遠陸，而且仇陸，結果兩面不討好，汲汲寄望於南向。既然南向，那就好好參考新加坡及李顯龍的作法吧！

蔡英文總統可以重做功德

Y / M / D
2017.12.06

行政院長賴清德「功德」之說，看來並無不良用心，最多只是失言之誤，卻因此顯得他「不接地氣」，致大遭撻伐。副作用則是台灣社會的創意無限，例如「行政院」站牌被改為「功德院」，還有人到院前落髮、誦經等等。

賴「清德」怎麼變成賴「功德」，關鍵在於行政院長是最沒有資格要人家「做功德」之人。李登輝擔任總統時，有一回到地方巡視，地方首長大吐苦水，冀望中央撥款補助。李登輝兩手一攤，說「可是我沒有行政權，沒有經費給你」云云（大意如此）。嚴格說來，李登輝並不是推卸責任，因為行政院長經手的錢確實遠遠超過其他部門，當然也遠遠超過總統府。

身為全國最高行政首長，賴清德掌握的權力、資源，遠非任何人所能比擬；平民百姓可以要求別人做功德，部門首長，尤其是行政院長卻不可。以院長之姿要求別人做功德，不但不倫不類，而且簡直就像戰場指揮官要求屬下「你們衝！衝呀！你們不要怕死，犧牲是愛國的表現……」。

賴清德一番好意，希望各部門別只顧著爭食預算大餅，希望個人別斤斤計較於待遇。這個話能否讓人服氣，要看是誰說。家長以之勉弟子，師長以之勉學生，宗教界人士以之勉信徒，甚至群組成員彼此以之鼓勵，都沒有問題；唯獨執政掌權者不能這麼說。過半選民把票投給了你們，是要你們拿出成績，讓我們的日子好過一點，怎想到聽你們一番教訓？在低薪族的耳裡，「做功德」何異於風涼話？

賴清德的談話其實有崇高的意涵，鼓勵個人發揚人性光明面，鼓勵社會發揚利他的精神，只可惜一時輕忽了自己的角色，引來口誅筆伐，也連帶減損了「做功德」的意義。

真正的功德是「行善不欲人知」；是漢代崔子玉《座右銘》所說的「施人慎勿念，受施慎勿忘」；是聖經所說的「不要叫左手知道右手所做的，要叫你施捨的事行在暗中」。

功德不是出於勉強，不是冀求回報，乃是人格的體現，乃是人性的昇華。以長照工作者為例，工時長、負荷重、內容雜，而且服務的對象絕大多數只會日漸衰微，「受惠者」不太可能回報。從事這類工作，如果欠缺愛心，如果沒有幾分「功德」之心，根本不易長久。這種職位不可或缺，難以替補，需求量日益增加，我們大幅提高其待遇尚且不及，實在不忍心再「提醒」他們要做功德。

倒是賴清德可以提醒蔡英文總統重新——或者說是繼續——做功德。二〇一一年，蔡身陷十八趴優利存款風暴，因為大眾赫然發現，蔡一面痛批十八趴，一面卻又領取十八趴。社会大嘩後，蔡宣布棄領十八趴，同時昭告天下：她過去把十八趴捐做公益，「一旦不領十八趴，就沒有能力捐款給社會機構了」。

不領十八趴，就不易捐款？以蔡的上億身價，大概沒有人相信這個話。但無論如何，以蔡的情況而言，少了十八趴，每個月確實少了六萬多塊錢的收入。如今蔡做了總統，單單薪水就是十八趴的六、七倍，大有能力重做功德，不但可以感召全民，也是以實際行動呼應賴院長，當是美事一樁。

美國故總統雷根心地善良，在世時，從新聞報導得知一些境遇不幸之人的故事，就寄張支票過去，從不聲張，也不求回報，不就是「做功德」？美國總統川普比照胡佛、甘迺迪，把總統薪水悉數捐出（每年只拿一美元），第一季捐給了某古戰場保護機構，第二季捐給教育部門，同樣是做功德。蔡總統如果也重做功德，下次與川普通話時，有了新素材，也有了共通的話題，同樣是美事一樁。

民進黨竟無一人是男兒

Y / M / D
2018.01.17

陳師孟當選監察委員，說明了一件事：立法院的民進黨團竟無一人是男兒，眼睜睜的看著全黨同儕留下歷史罵名而文風不動，活生生的共同成為歷史罪人。

由於水門案而下台的美國總統尼克森，因為性醜聞而遭彈劾的美國總統柯林頓，必會羨慕這種只知有黨、不知有國的最高民意機構。陳師孟的乖張言行，各界議論極多，蔡英文總統卻依然要提名他出任監察委員，那是蔡總統的濫權，不在本文討論範圍。陳師孟的若干論調偏頗，不知今後會如何興風作浪，不在本文討論範圍。關鍵是，陳師孟這樣的人選，蔡英文這樣的抉擇，民進黨竟然為之背書，而且是立院黨團全體一致的背書，那就是民主法治莫大的悲哀了。

美國總統詹森擔任參議員時，被稱為「最有權勢的參議院多數黨領袖」，擔任這個職位長達六年，他說他投票時，考慮的順序是「第一，我是自由人；第二，我是美國人；第三，我是參議員；第四，我是民主黨人」。也就是說，在投票時，秉持的原則依序是良知心性；國家利益；選民付託；黨派利益。

民進黨的立委諸公，在面對陳師孟的提名案時，考慮的順序為何？或者考慮都不用考慮，一切秉承上意？否則何以面對這樣一個鄙視法治、威脅司法官的候選人，沒有一絲責備，沒有一絲質疑，沒有展現一絲捍衛法治之心？

立委王育敏問另外四位被提名人，是否認同陳師孟、有誰認同陳師孟？他們全都緘默，沒有舉手。如今投票已畢，王育敏不妨問問民進黨同僚，為什麼全都做了陳師孟的同路人，是有什麼隱情？是有把柄落在陳師孟手裡？還是有什麼潛台詞：有了陳師孟的公然恐嚇，日後司法官不敢辦綠，民進黨可以橫著走了。

柯林頓彈劾案，對手共和黨人投下了五張反對票，同黨的民主黨人投下了五張贊成票。這十票代表的是不以黨派為考慮重點，意義重大。尼克森面臨去留時，參議院必須三分之二贊成罷免案，亦即六十七票，才能讓他下台。也就是說，只要他能獲得三十四票支持，就能安然過關。那時他所屬的共和黨在參議院有四十二席，如果都依照黨派投票，尼克森穩坐釣魚台。

然而，雖然是同黨，但未必是同流，若干共和黨籍參議員擺明了不挺罪證確鑿的尼克森。最後，共和黨大老、他的好友高華德參議員進入白宮，告訴他大勢已去，他只好成為美國歷史第一位辭職的總統。

小布希總統提名約翰．波頓出任駐聯合國大使，此君對台灣友好，但行事為人爭議頗大。當時小布希所屬的共和黨是多數黨，但若干黨籍參議員表明絕不支持這項人事案。小布希政府無奈，最終放棄，改循其他途徑讓波頓短期出使。

今天面對這樣一位爭議性極高的人選，民進黨立委沒有一張不同意票，是要向蔡總統交心表態？還是拐彎抹角的告訴陳水扁總統「我們挺你」？

評陳師孟，不免想起高風亮節的故監察委員陶百川。陳師孟推崇陶是反抗威權的代表人物之一。陶是國民黨員，秉公理事，不分黨派，國民黨中央氣得想辦理「黨員重新登記」，就是變相的要開除他的黨籍。想想陶百川的風骨，陳師孟與之能以道里計？再想想民進黨立委如此巴結陳師孟，難不成這是台灣墮落的又一表徵？

投票當天，聽說民進黨甲級動員，只有蕭美琴出國。蕭美琴如果在場，會不會是唯一的「男兒」？

管爺，跟他們比氣長

Y / M / D
2018.02.01

Outlive them，直譯是「活過他們」，意思是「活得比他們長」，用時下的說法，就是「看誰的氣長！」

文革最悲慘的歲月中，新聞記者出身的名作家蕭乾（一九一〇～一九九九）歷盡迫害，實在熬不下去了，走上絕路，沒想到竟然奇蹟似的獲救。在病床邊，妻子文潔若俯下身子，在他的耳邊用英語說了一句「We must outlive them all!」

這句「我們一定要比他們活得久」，給了蕭乾無比的力量。往後幾年，紅色闖將依然禍國殃民，但蕭乾夫婦硬是挺下來了，活得比文革長，活得比妖魔鬼怪橫行霸道的時間長。正因為活得長，英文長篇小說《尤利西斯》（*Ulysses*，James Joyce 著）中譯本在蕭乾、文潔若手裡完成了。沒有妻子那句話，就沒有《尤利西斯》這本書，那句話起的作用多麼了不起。

管中閔當選台大校長，在以黨同伐異為己任的民進黨看來，豈能嚥下這口氣？豈能缺了台大這一塊？所以一波接一波，以接力方式試圖拔管。台大說管的資格沒有問題，教育部卻馬上說要遴選委員會重新認定，隨之更有一群教授跳出來指要校務會議說了才算。可以預期的是，這種抹黑手段絕不會輕易罷手，接下來，會有人說要全校教師認可才算數；甚至會有一群人說，既然是國立大學的校長，全國人民都可以表達意見，所以必須公民投票。

馬英九做總統時，美國某著名大學的一位台灣教授發文稱「台灣沒有總統」，理由是馬英九不符合這位教授要求的標準，所以這位教授不承認選舉結果。看吧！台灣人行使投票權的結果，在這位教授眼裡不具任何意義，今天區區台大的二十一位遴選委員，在某些人的眼裡又算什麼東西呢？

管面臨的是「千夫所指，萬箭穿心」，但是這些夫，只是不服輸的懦夫；箭，只是銀樣臘頭的軟箭。何況你有千萬人支持，憑藉「雖千萬人，吾往矣」的讀書人本色，何懼之有？

由於面對立委時毫無畏色，管有個封號「管爺」。真正的爺，本質也就是漢。三百年前的雍正皇帝就是最佳範例，他在奏摺上批示道：「朕就是這樣漢子，就是這樣秉性，就是這樣皇帝。爾等大臣若不負朕，朕再不負爾等也，勉之！」

清史專家陸續讚賞雍正是「英主」，因為滿清諸多優良制度都是雍正任內奠定的。雍正留下的硃批中，有句「爾可竭力為朕改革」；以改革為己任，不正是遴選委員對管中閔的最深刻印象？

納粹屠殺猶太人的年代，波蘭猶太人做了一首歌〈We Shall Outlive Them!〉（我們一定比他們活得長）。後世歷史學家寫道，開始時，粹納大笑，「死到臨頭了，還幻想比我們活得久。」後來粹納體會到了，這意味著不屈服，意味著猶太人沒有落敗，於是納粹下令全面禁唱，甚至對唱這首歌的人抽鞭子。最後，納粹敗了，滅亡了，還遭到永世的唾罵。這首歌說得沒錯，猶太人比納粹活得長，而且長多了。

納粹十二年、文革十年都證明魑魅魍魎張狂不了多久。管爺，要持其志，勿暴其氣，outlive 之。

鬥管，鬥出新台灣奇蹟

Y / M / D
2018.04.11

了解文革歷史的人會告訴你，候任台大校長管中閔如今的處境，差堪比擬慘遭批鬥的中國大陸國家主席劉少奇。一個沒有最基本法治觀念的統治當局，基於仇恨而掀起腥風血雨的鬥爭，給國家造成的豈只是十年動亂，更是幾代都無法復元的災難。這是中國大陸最悲慘的記憶，如今可能成為台灣最殘酷的現實。

如果今天還使用「卡管」這個名詞，恐怕是對情勢的錯估與低估，因為「卡管」之力道，已上升至唯有去管而後快，所以「卡管」已演變為批管、鬥管、毀管。批鬥能否成功，不在於事實，而在於抹黑的伎倆；不是講道理，而是訴諸於盲目的激情。

當年對付劉少奇，是一次又一次的批鬥大會，加上無休無止的折磨；如今對付管中閔，是一道又一道的金牌，加上行政、立法、司法、黨媒的全力動員。這樣的無所不用其極，目的在於人格上造成汙衊，心理上造成崩潰，意志上造成瓦解。

劉少奇有什麼錯？錯在治國理念與毛澤東不盡相同，更錯在他掌管了行政體系，所以毛藉由發動文化大革命，不但鬥臭鬥垮劉，還要徹底消除劉的影響力，以確保革命紅旗不變色。今天管中閔有什麼錯？錯在意識型態不同於民進黨，錯在出身不是正綠旗，錯在主張開大門走正路，所以管不見容於褊狹之輩。

毛澤東發動文革，出發點是仇恨，據以挑動全民情緒的也是仇恨。劉少奇是國家主席，但全國陷入瘋狂之際，法治已成具文，不必經由任何合法程序就剝奪他的一切權利，包括政治權利與生存權利。現在台灣當局之作為，同樣的因政治上的仇恨，從卡管進而凌虐管。文革年代，最終毀了整個國家、使神州幾乎被開除球籍的，正是這種毫無理性可言的仇恨。批管的仇恨繼續被當局延燒，台灣文革不就隱然現身？

虧執政黨那麼多法學博士、律師，其手段已看不出法治觀念。許多有良知的人士已經指出，對於管中閔，教育部唯一能做的就是聘任，這是《大學法》明文規定。因為《大學法》第九條規定，遴選委員會選出校長後，公立大學校長由「教育部聘任之」，私立大學校長由「教育部核准聘任之」。「教育部聘任之」一事，是行政法所稱的「羈束處分」，亦即法律明確規定了行政行為的範圍、條件、程度、方法等，行政機關沒有自由選擇的餘地。

如今教育部硬是把「羈束處分」拗成「裁量處分」，絞盡腦汁不讓管上任，其實已經違反了《行政程序法》第一百一十六條「羈束處分不得轉換為裁量處分」之規定。法務部在民國九十七年九月三日發文「法律字第 0970023161 號」也引用林錫堯著《行政法要義》，說明「羈束處分不得轉換為裁量處分」。教育部知法犯法，法學教授出身的蔡英文總統任由屬下玩法弄法，真是好一個台灣奇蹟！

虐管是台灣民主化後最赤裸裸的破壞校園自主之舉，它不是單一事件，而是執政當局恣意妄為的一環。政府違背非核家園承諾，意欲重啟核二，卻拿不出像樣的理由；漁船被日本攻擊，執政的回應是要漁民自我檢討；果菜市場連連休市，農民叫苦連天，空降的負責人卻不動如山；黨產會一路追殺，盤查、搜索、凍結，以「轉型正義」為名而行清算鬥爭之實；違反契約規定而剝奪退伍軍人法定權益，因此造成死難，當局毫無悲憫之情；凡此種種，讓人不禁嘆息，顢頇倒也罷了，竟然讓仇恨大行其道，導致社會愈來愈出現文革癥候，能不痛哉！

蔡政府只對外媒說實話

Y / M / D

2018.05.16

美國國務院亞太副助理國務卿黃之瀚不久前訪問台灣，《華盛頓郵報》稱，美國總統川普對此大為光火。至於為何光火，答案是「黃訪台必然惹惱習近平，為什麼我在事前不知道？」

披露此事的是《華郵》副總主筆迪奧，剛訪問台灣歸來。他的文章不但披露了川普政府內部的祕辛，更披露了蔡英文政府的真實面目，例如南向政策並無成果等。這是很有趣的，蔡政府的一些要角，對著國內是一套說詞，遮遮掩掩，對著外國人就和盤托出。於是這些政治人物內心究竟怎麼想的，有時可以從外國媒體找到答案。

川普上任一年多來，台灣備受關愛，包括他上任前就接聽蔡英文總統的電話、上任後批准十四億美元的對台軍售等等。近幾個月來，他簽署了對台灣友好的《國防授權法案》及《台灣旅行法》，而新任命的國家安全顧問波頓更是著名的友台人士。然而，迪奧在台灣發現，面對一個又一個好消息，民進黨政府要角並沒有多少喜悅之情，因為蔡政府一方面沒有把握川普的政策到底會怎麼走，另一方面則是顧慮中國大陸，畢竟大陸的「實力與意志力有增無減」。因此民進黨政府固然想要好好運用華府的氣氛及諸多挺台友人，但也不想被北京貼上「麻煩製造者」的標籤，免得重蹈陳水扁的覆轍。

民進黨告訴迪奧，蔡政府推動南向政策，希望在經貿上減少對大陸的依賴；同時些微增加國防預算，以因應大陸的軍備成長。但是，迪奧寫道：「（這些作法）沒有改變什麼，」因為擺在眼前的事實是：與十年前相比，不論軍事或其他方面，「台灣如今已經更無法與中國抗衡。」

二十多年前，兩岸開始對話時，台灣的GDP與大陸相比，大約是一比二點四；時至今日，「台灣已經只像是中國的一個省，且排名在六個省之後」；台灣的出口，百分之四十的目的地是大陸或香港；超過一百萬台灣人士在大陸工作；台灣的工資停滯，以致人才不斷流向大陸。

台灣這些困境俱是事實，且有目共睹。但台灣的有識之士提及這些問題時，總不免擔心被扣上「唱衰台灣」、「親中賣台」等帽子。如今民進黨政府對著外國媒體時，卻是毫無掩飾，實話實說，有如竹筒倒豆子。其心態是在爭取外國人同情？抑或爭取外國人信任？不得而知。

當然，台灣有諸多引以自豪的特色，迪奧寫道：例如台灣的書店裡琳琅滿目，有批判毛澤東的書，也有批評蔣中正總統的書；又例如國際組織剛發布的新聞自由報告，台灣排名比美國還高三名呢！

美國媒體近來有關台灣的文章，許多都說明台灣的處境日益艱辛，例如有一篇的標題是〈中國軍演，目標是台灣〉，還有一篇是〈中國以切香腸政策對付台灣〉。讀這些文章，不能不對台灣的處境感到憂心。一個完全執政的政府與政黨，既接受了人民的完全付託，也就有無可推諉的完全責任。在以謙卑的態度對待西方人時，請勿忘以「謙卑、謙卑、再謙卑」的初衷對待自己的同胞——包括異議人士。

蔡英文與金正恩有什麼不同？

Y / M / D
2018.06.06

金正恩走投無路，非得與川普見面不可，否則朝廷能否延續都成問題。蔡英文不然，她認為再怎麼挑釁北京政權都沒有關係，反正有美國撐腰。兩人的主觀認定如此不同，政策作為當然大異其趣。金正恩已經沒有牌可打，只能謙卑的向國民致歉，謙卑的請求川普息怒、賜見；蔡英文則恰恰相反，當初口口聲聲的「謙卑」已經成為對她最大的諷刺。

當川普宣布取消川金會時，全世界都沒有料到金正恩的反應竟然如此平和，如此善意。緊接著，金正恩採取了一系列的補救措施，例如突然與南韓總統文在寅再度會面，並對川金會表達了「堅定的意願」；例如派了二號人物、情報首腦金英哲帶著親筆信函，面見川普，並且把信函裝在極其誇張的巨型信封裡，吸引全世界的目光。金正恩唯一的目的，就是要讓川金會復活。而後，他成功了。

金正恩為什麼一定要見川普？這是有跡可循的。《紐約時報》說，他繼承父位後的第一次談話，承諾要讓國民「永遠不必再勒緊褲帶」，因為北韓在一九九〇年代的大饑荒餓死了數以百萬計的人口，是金氏政權巨大的恥辱。去年，金正恩在談話中向國民致歉，因為他的承諾沒有兌現，令他「焦慮與懊喪」。今年，他向國民宣示，在成為擁核國家後，國家發展方向要調整了：朝經濟繁榮邁進。

為什麼要見川普？美國的分析家說，原因很簡單，就是為了北韓的經濟。北韓經濟情況如何，由脫北外交官的談話可以見之，從脫北軍人的身體狀況更可以見之。北韓官方公布金正恩視察軍方餐廳的照片，飲食看來極其單調，引不起食欲，這還是官方宣傳呢！「先軍政策」下，一切以軍人為優先，尚且如此，平民百姓必然更為淒慘。這是北韓經濟政策所致，也是國際制裁的結果。沒錯，面對一次比一次嚴厲的國際制裁，北韓生存下來了，可是生存的太痛苦了，更無法實現向人民許下的承諾。舉個最簡單的例子，電力不足（北韓發電量只及南韓的百分之五），火車開著開著就停下來了，過幾個鐘頭，電來了，再開。金正恩總不能一次又一次的「焦慮與懊喪」吧？

金正恩二會文在寅，文在寅承諾予以各項協助；金正恩二會習近平，習近平大概也有些承諾；但是這些承諾都不能逾越聯合國制裁案的限度，何況中國大陸經濟存在著泡沫化等危機。要減輕、甚至終止國際制裁，唯有求助於美國，畢竟美國才是制裁案的啟動者與主角。

金正恩在國際上的形象很惡劣，至少在幾個月之前是如此，可是西方觀察家注意到，他承諾要改善經濟，不是說說算了。他在平壤蓋了一些新大樓，也重新粉刷了一些舊大樓，還派人到中國學習經濟政策。更重要的，他的作風變了，例如他讓北韓的國家樂團演奏美國的流行音樂。更令人意外的是，他邀請文在寅訪問平壤，居然建議文「坐飛機去」，因為北韓的道路狀況、火車品質「實在不好意思」（英譯是 in such embarrassing condition）。要一貫偉大、光榮、正確的領導人如此坦白，委實不易。

置之死地而後生，金正恩固然只有一個選擇，但也是正確的選擇。他沒有什麼「謙卑謙卑再謙卑」的口號，也沒有選舉的壓力，更不必號召被他整得死去活來的反對派與他「團結」。他正在全世界的注視下，小心翼翼的尋找國家的方向。

別利用南部鄉親的憨厚

Y / M / D
2018.07.04

高雄友人來電，說綠營猛打文化大學宿舍案，直接傷害了幾百位莘莘學子，「連南部的地下電台都說看不下去，罵蘇貞昌害學生沒地方住。」這不是個案，日前一位台灣長老教會出身的牧師說，由於同性婚姻等議題，正派教會已普遍反對蔡英文；軍公教退休金議題亦然。

一般印象認為南部是綠營鐵票區。其實這是很深的誤解。一九九七年之前，台南市長、屏東縣長不是藍營的嗎？一九九八年之前，高雄市長不是藍營的嗎？二十年來，南部的選舉出現過多次疑案，諸如錄音帶剪接、走路工等，都是綠營占了便宜，否則高雄依然是藍天。別忘了，二〇〇八年的總統大選，高雄及台南兩市都是藍勝綠。

南部如今挺綠，原因很多，但如果因此認定南部是綠營的鐵票區，那不但是誤判形勢，更是低估了南部鄉親的智商。

一九八一年，屏東就選出了第一位無黨籍縣長邱連輝。當時屏東縣的人口比例，除了外省人，大約是閩南占五分之四，客家占五分之一。國民黨提名閩南人，喊出口號「客家人投客家人，閩南人投閩南人。」這種口號很惡毒，擺明了製造分裂與對立，那外省人要投誰呢？儘管那時國民黨占有各種優勢，但屏東鄉親自有定見，結果客家人投了客家人，閩南人也投了客家人，邱連輝因而當選。

與其說南部挺綠，不如說南部挺「變」——給追求變革的政治人物更多的機會。這種挺絕非盲目，更非天然，當政治人物的政績不符鄉親期待，鄉親自會另行抉擇。在國民黨包山包海的年代，南部鄉親未必理會國民黨；當民進黨完全執政的年代，南部鄉親也未必就是民進黨的死忠。

以軍公教退休金一事而論，當局打著改革之名，任令軍人尊嚴遭到誣衊，並以立院多數的暴力手段，其違背誠信、毀棄承諾等行徑，早已成為民主憲政惡例。「反正你們不會投票給我，我何必在意，」這種著眼於選舉勝負，而非著眼於下一代人的利益，正是短視近利的寫照。過去以「外省／本省」在選戰中區分敵我，如今省籍不是問題，於是改以「軍公教／農工」在社會上製造對立。

藉由砍軍公教，讓農工獲得滿足感；做不到均富，乾脆均貧；這種後現代的共產主義手法，難道南部鄉親看不出來？

陸、海、空三軍官校，中正預校，空軍技術學院，海軍技術學校，陸軍步兵學校等，都在南部。陸、海、空、陸戰隊、空降特戰部隊都在南部有重要的基地。憨厚的南部鄉親比中、北部鄉親更意識到軍人的意涵。過去徵兵入伍時，在南部是要披紅掛綵的，有樂隊伴奏，地方父老在月台上一字排開，與即將成為「充員戰士」的子弟一一握手。

軍校之外，南部還有若干大規模的訓練營區，例如今天已成文化中心的衛武營。一到假日，南部處處都是軍人與軍校學生，帶來不少商機。遇到天災、意外，軍人總是與警、消共同站在第一線。禽畜瘟疫時，檢疫人手不足，國軍成了屠宰夫。助民割稻，國軍成了農夫。中、小學的校園乏人整建，國軍挽起袖子幹活。屏東市的大同國中，根本是國軍弟兄在一片田地中建起來的，當時九年國教實施在即，不靠軍人，靠誰？

奉獻了青春，老來卻遭到背叛；堂堂正正的退伍軍人，卻被抹黑為米蟲；這種遭遇，南部鄉親會怎麼想？

川普補破網，小英學到什麼？

Y / M / D
2018.07.19

美俄峰會後的聯合記者會上，美國總統川普談話失當，在美國引起軒然大波。自由派固然罵聲一片，保守派也群起攻之，幾位平日挺川的共和黨議員更是揮出重拳，使川普面臨上任以來最猛烈的風暴，也迫使川普返美後立刻設法補救。

美國調查「通俄門」的特別檢察官穆勒剛在上周五起訴十二名俄羅斯情報官員，之前美國已經起訴了十三位俄國官員，罪名俱是「干擾美國大選」。詎料川普在回答媒體提問時，固然說對美國的情報部門有信心，但旋即說「普丁總統強有力的否認插手」。

川普的說法，似乎他信任普丁更勝於信任美國的情報部門。這無異於在普丁面前，甚至是在全球面前狠狠地修理自己人。更糟糕的是川普又說，穆勒調查通俄門一事「是我們國家的災難」。川普忘了，穆勒是司法部副部長羅森斯坦任命的，而羅森斯坦是川普提名、經參議院審議通過的。難怪不論自由派的CNN主播安德森．庫柏（Anderson Cooper）或保守派的參議院軍事委員會主席麥肯都說，這是「歷來美國總統最可恥的表現」。前中央情報局長約翰．布倫南（John Brennan）甚至說川普「無異於叛逆」。美國主張彈劾川普的，大有人在。

回到美國，川普的首要之務是補破網，例如在內閣會議上強調情報部門的結論正確；又說自己當時口誤，在雙重否定的句子裡漏了 not 一字等。

對川普而言，這樣公開認錯是很少見的。他突然如此謙卑，原因很簡單：他還要不要領導他的團隊？他還要不要領導這個國家？如果他真的如此作賤美國的情報及司法人員，他還值得美國人民尊敬？這樣毫不珍惜士氣與榮譽，美國軍隊要如何信賴這個三軍統帥？

民主理念的根基之一是「契約精神」，確立人民與政府間的對應關係。當執政者失信於人民，就失去執政的正當性，「顛覆國家政權」成了人民的當然選擇。

前幾天，紐約的曼哈頓一個公園裡，有人到一個小小的墓前憑弔。這是帕勒克小朋友的骨灰安葬之處，他因為意外而過世，年僅四歲，時為一七九七年七月。當時這片土地屬於他的家人所有，後來家人出售土地時，請買主保留這個小墓，買主答應了，並且答應日後如果出售，也會請新的買主比照辦理。這個約定就這麼一代一代傳下來。後來土地成為紐約市政府財產，再後來公園裡有了格蘭特總統夫婦的墓，可是帕勒克的墓始終在那兒，成了紐約大大小小一千七百個公園裡唯一的私人陵墓。兩個多世紀過去，帕勒克的家族早已失聯，可是當年的契約依然有效。如今每到帕勒克的忌日，總有與帕勒克毫不相關的人前來憑弔。

與其說是憑弔這位當地人所說的「好孩子」，不如說是紀念這種物換星移卻信守不疑的契約精神。

蔡英文總統橫柴入灶的所謂軍公教年金改革，完全無視於政府與人民間的約定。既然視政府承諾如無物，其實也就是把自己的信用摧毀殆盡。在洋洋自得之際，當然不會有川普的彌補之舉，只會讓帕勒克的在天之靈看台灣的笑話。

裝甲車上的女皇

Y / M / D
2018.08.29

蔡英文總統勘災，居然乘坐「雲豹」裝甲車，還在車上向災民微笑揮手，彷彿是選前拜票、選後謝票，完全不顧水深火熱中的災民感受。果然罵聲四起，成為她執政以來最大的難堪。

是蔡總統自己要求乘坐裝甲車？還是幕僚建議如此？目前並不確知。一位在國安部門服務過的退役將領告訴筆者，「維安顧慮是主要原因，」甚至是唯一的原因。

這要從去年軍事院校聯合畢業典禮說起。當時典禮結束，蔡總統乘車離開北投復興崗時，遭遇大批抗議人群。有位抗議人士突破封鎖線，拍打了總統座車。蔡因此大發雷霆，事後痛斥維安部門失職。

對維安部門而言，不啻是一次震撼教育，因為馬英九總統從來不會對維安人員如此疾言厲色，陳水扁總統的修養也不錯。既然蔡老闆發火，維安工作只得更加綿密，於是各種隔絕設施應運而生，防備之嚴密堪稱空前，把總統府弄得像個牢籠。而總統到外地時，先遣人員責任較以往更加沉重，把抗議人群驅趕得愈遠愈好，最好讓總統對之看不到、聽不到、接觸不到。發展到極致，就是大批維安人員圍繞著蔡總統座車，共同跑步前進，超過北韓領導人金正恩的排場。

「雲豹」裝甲車的特性是越野。如果為了涉水，乾脆使用橡皮艇，或者是當天記者群搭乘的軍用卡車。軍用卡車是全輪傳動，機動性強，車輪大，底盤高；尤其排氣管在側邊而非底部，不必擔心排氣管因進水而熄火。所以如果講求實用，蔡總統根本不必使用「雲豹」。

從影片及照片可看出，勘災現場的積水到小腿肚，除非搭乘的人員多，否則軍用卡車都用不著。總統平日車隊裡的高底盤休旅車就夠了。蔡總統甚至不妨騎乘腳踏車勘災，展現親民。當天裝甲車旁邊，不是很多災民都騎乘腳踏車嗎？

維安人員去年挨罵後，首要考慮是「百分之百不能再出現有人拍打座車的事件」，也就是說，絕不再讓蔡總統受到一點點驚嚇，於是裝甲車出動了。

如果安分地乖乖待在裝甲車裡，到了定點下車，慰問災民，倒也不會釀成風波。問題出在蔡總統沒有以同理心面對災民，竟然是揮手、微笑，彷彿巡察地方，檢閱部隊。她在裝甲車上，高高在上，好不威風；災民泡在水裡，位置低她不只一等，處境低她不知幾等，只能徒嘆「國在山河破」，難怪頻頻叫她下來。

不管誰想出乘坐裝甲車這個主意，災民就算破口大罵，也不敵裝甲車的隆隆聲；災民就算敲打座車，隔著北約標準的高強度鋼板，也無從驚擾聖駕分毫。女皇看似望之偉岸，仰之彌高，她與災民的距離變得無限遠了。

漢光演習時，應當使用「雲豹」裝甲車守河，卻未出動；這回勘災，不該如此使用「雲豹」，卻出動了。漢光演習時，重點課目之一是確保蔡總統盡快撤至外海的美軍軍艦上；這次勘災，以裝甲車確保蔡總統不受任何驚擾。兩件事告訴我們的是：戰時，她不與我們同生共死；災時，她不與我們聲氣相投。

民進黨看重的是日本人

Y／M／D
2018.09.12

去年十一月，美國總統川普接受南韓總統文在寅以國宴款待。當天川普還有其他重要行程，可是傳遍全世界的照片是他擁抱南韓被強徵的性奴隸（即慰安婦）李容洙。

這張照片是筆者在日本《朝日新聞》看到的。好大的一張彩色照片裡，文在寅攙扶著八十八歲的李容洙，川普親切擁抱李容洙。川普再有諸多不是，這個溫馨舉動為他贏得各方讚揚。《朝日新聞》不論其他議題的觀點如何，刊登這張照片說明它不愧為發行量七百餘萬份的大報。尤其，雖是日本媒體，《朝日新聞》英文版文章使用「慰安婦」一詞時，加上了引號，並且誠實敘述「慰安婦一詞是美化之詞，指的是在二次大戰期間及戰前被迫向日軍提供性服務之女性」（Comfort women is a euphemism for women who were forced to provide sex to Japanese troops before and during World War II.）。

川普的作法不但反映了人性的觀點，也反映了美國政府的一貫立場。前幾年，大阪市長橋下徹說「慰安婦制度有其必要」、「沒有證據證明日本當局強迫婦女充當慰安婦」，當即遭到美國厲聲斥責。國務院簡報會上，發言人薩琪說，橋下的言論「無恥，令人痛恨」。

接著說，美國說過，那些婦女的遭遇非常悽慘，日本當年作為不可饒恕，「很明顯，那是極為嚴重的違反人權」。薩琪這段談話至今仍在美國國務院網站上。

美國政府如此，美國國會亦然。每當日本有人在強徵性奴一事上睜眼說瞎話，國會議員總會挺身而出，一向友台的眾議院外交委員會主席羅艾斯身先士卒。猶太人在二戰中遭到屠殺、迫害，因此猶太裔議員特別關注這個議題。就連日裔議員也不落人後，例如邁克．本田，他譴責橋下「侮辱歷史，侮辱人類，尤其侮辱那些遭受可怕的生理、心理和性暴力的女性」。

有這麼多的正義之聲，所以美國眾議院通過決議案，就強徵性奴一事譴責日本，並要求日本政府「正式承認史實，正式道歉，承擔歷史責任」。

美國政壇如此，媒體亦然，他們關心今天的敘利亞等戰地的婦女遭遇，也不容二戰慘遭凌虐的婦女遭到漠視、扭曲、遺忘。影響所及，美國各地陸續樹起二戰性奴雕像，美國的二戰教材也開始加入性奴等記載。

南韓在日本大使館前樹立性奴雕像；向日本索賠；日本首相安倍到美國國會演說時，南韓旅美僑胞群集國會前抗議，還特地把李容洙請來。本周六，台灣及大陸旅美僑胞租下華府的電影院，將播映由大陸導演郭柯執導的紀錄片《二十二》，敘述倖存的二十二位日軍性奴的故事。開拍之初，計有三十二位，片名為《三十二》，殺青之日僅剩二十二位，片名改為今名。如今只有六位尚在世。

南韓的李容洙、大陸的《二十二》、台灣的阿桃，都經歷了無以名狀的人間至慘，我們擁抱猶恐不及，竟然還有人對性奴塑像踹腳，其喪心病狂已無可救藥。李容洙的煉獄生涯是在台灣度過的，川普如果得知民進黨政府對踹腳事件不理不睬，會不會問民進黨「你們是什麼心？什麼肺？」

川普、美國朝野、南韓、甚至日本的良心人士，其作法與台灣的民進黨南轅北轍，因為他們關心的是「人」，民進黨政府只在意「日本人」。

蔡英文的上甘嶺

Y / M / D
2019.05.22

對美貿易戰中，中國大陸突然使出奇招，由央視播出韓戰經典戰爭片《上甘嶺》。這立刻讓人想到好萊塢那部令人揪心的電影《末路狂花》，也讓人想到，未來七個多月，蔡英文總統的最高戰略指導原則是尋找她的「上甘嶺」，覓求她唯一的勝選機會。

多來年，北京當局極盡所能吹噓《上甘嶺》，例如說那場戰役「從根本上扭轉了朝鮮戰爭的形勢」。事實上，那不過是抗美援朝戰爭中又一個把愛國主義無限上綱的片斷悲劇，扭曲史實，蒙蔽國人。

今天有關「上甘嶺」的各種訊息極多，奉勸諸君一定要慎思明辨，尤其是中文網站，因為「假、大、空」實已氾濫成災。例證之一，中國大陸國防大學某教授說上甘嶺戰役「被美國西點軍校列為軍事戰例」云云，根本沒有這回事，早就遭到學界指為無稽之談。大陸這種手法層出不窮弄得信用全失，極其可悲。例證之二，說「西點軍校學雷鋒」云云。真相是雷鋒紀念館派人參訪西點軍校，沒有發現任何與雷鋒有關的資料，但既然來了，留些有關雷鋒的事跡，對方當然不好拒絕。

現在美中貿易戰，在華府、紐約獲致的訊息陸續顯示同一事實，即接近最後共識之際，習近平改變主意，不簽了。原因包括中國經濟數字好轉、股市重振、誤判川普等等。但還有一個關鍵原因：習近平於今定於一尊，還能像當初那樣接觸全面訊息？

正如香港《南華早報》所說，習說「談判失敗了，我來承擔責任」。沒想到談判真可能破裂！

《末路狂花》裡兩人被大批警車追捕，最終堵死在大峽谷的一處懸崖邊。兩人心意已定，猛踩油門；車子啟動，衝出了懸崖。

電影定格一瞬間，因為兩人的一生也就此定格於一瞬間，過去再多的不公，已經無法挽回，兩人已沒有未來，令人悲從中來。當貿易戰面臨如此關鍵時刻，各方期待的難道是「理性沒法子了，高調號召感情！」重新啟動民族主義情緒？

熟悉北京形勢的人士說，最近一次政治局會議決定發動媒體批判美國，減輕習近平的責任。然而當前的政治生態，成也習，敗也習，眾所周知，政治局多是習的人馬，沒有人能夠分享習的榮耀，也沒有人能分擔他的責任。習的使命何其艱鉅。

面對關鍵抉擇，中國大陸當局決定重新拾起《上甘嶺》，這不折不扣是阿Q批判的「精神勝利法」。看在蔡英文眼裡，說不定內心竊喜，認為這是好棋。君不見她愈來愈強調主權等詞彙，時時刻刻不忘以強硬立場處理台海兩岸事務，以所謂「沒有模糊的空間」凸顯兩岸分歧。

面對美中貿易戰，只要有利於選情，蔡英文不會吝於使台灣成為棋子，她會振振有詞的昭告天下：「當美國不分黨派防中，台灣必須立場鮮明。」她會強調「這個國家選擇站在自由民主的一邊，選擇站在全球民意主流的一邊」。任何一點對台灣的壓縮，都可以由她運用為悲情牌；任何一方的善意，諸如美國國會的法案，都可以由她運用為「德不孤，必有鄰」的明證；這都是蔡英文總統的「上甘嶺」。

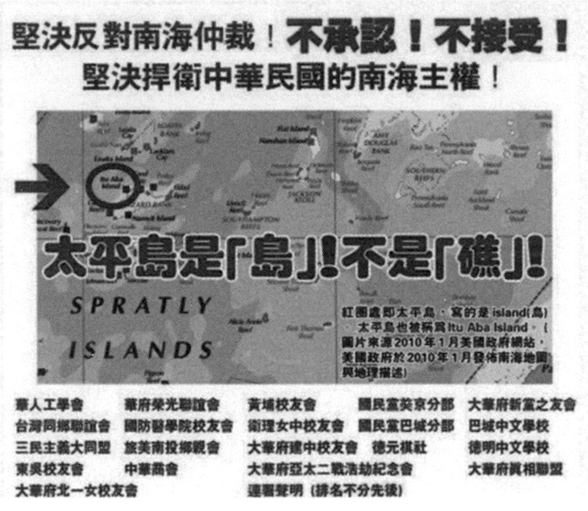

大華府僑胞自費在中文與英文媒體上分別刊登廣告，捍衛太平島權益，把太平島與沖之鳥礁比一比。（劉屏攝）

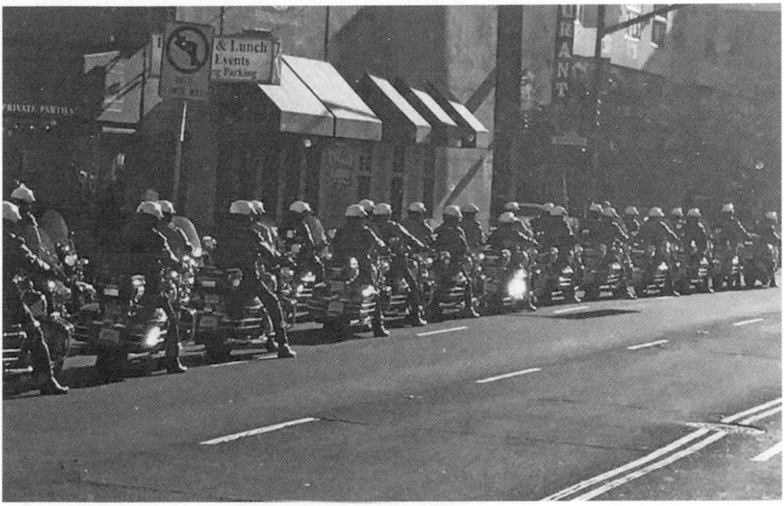

蔡英文總統過境舊金山，六十部重機開道。（取自中時電子報刊登立委莊瑞雄臉書，本書作者提供）

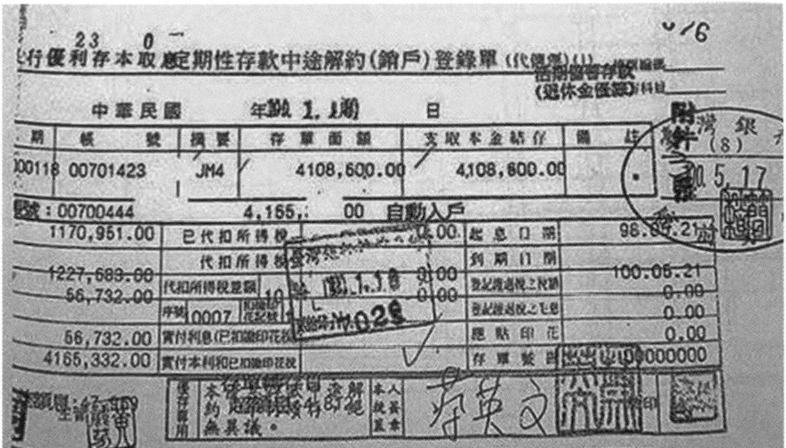
23 0 一
行優利存本取息定期性存款中途解約(銷戶)登錄單
活期儲蓄存款
(退休金優惠)
中華民國 年 日

期	帳號	摘要	存單面額	支取本金結存	備註
00118	00701423	JM4	4108,600.00	4,108,600.00	

帳號：00700444 4,165,332.00 自動入戶

1170,951.00	已代扣所得稅	0.00	起息日期	98.05.21
	代扣所得稅	0.00	到期日期	100.05.21
1227,683.00				
56,732.00	代扣所得稅差額	0.00		0.00
	序號 10007			0.00
56,732.00	實付利息(已扣繳印花稅)		應貼印花	0.00
4165,332.00	實付本利和(已扣繳印花稅)		存單號碼	00000000

本存單中途解約 ...無異議。
蔡英文

蔡英文的十八趴。（謝啟宇提供社媒轉傳之解約單，本書作者提供）

第四部

韓國瑜要贏庶民心

韓流何來?民間,民氣,民怨!

成千上萬的韓粉不會忘記挺韓的激情,故事說不完,觀點如雪片。

過去式!進行式!?甚至是未來式?

爲韓國瑜擋子彈的人

Y / M / D
2018.10.24

高雄市長候選人韓國瑜已是人氣最高的政治人物，相對的，他也成了風險最高的政治人物。他是平民百姓，所以身邊沒有隨扈，沒有特勤；他缺乏經費，所以請不起民間保全。在今天的政治氛圍下，誰來捍衛他的安全？台灣的選戰中，真子彈、假子彈都出現過，韓國瑜不能掉以輕心。

友人來電告曰：「不用擔心，韓國瑜已經有了志工特勤。」志工特勤不是正式名號，至於到底是什麼名號，那群「熱血中年」自己也說不上來。或者說，他們從開始就沒有在意名號。反正就是來確保韓國瑜的安全，管他什麼名號。

說他們是熱血中年，因為他們都已不再是年輕人，只是因為注重健身，所以看起來比實際年紀為輕。他們都有豐富的閱歷，很多已不必為生活終日奔波，卻如其中一位說的，「有時候難免想，既然不為錢，就該做點有意義的事。」他覺得很幸運參加韓國瑜的人身保衛工作。

升官發財請走別路，貪生怕死莫入此門。這群中年人相約「選舉結束，任務就結束，立即解散」。所以他們日後沒有一個人會留在韓國瑜身邊，說得更直白些，就是如果韓國瑜勝選，他們沒有一個人能獲得一官半職。這個話不是韓國瑜說的，而是他們投身韓營時就已經立下心願。早先加入志工特勤的，原本就以不做官、不圖利為職志；後來加入的，前輩的第一則訓示就是「先想好，打贏了選戰也沒有我們的好處」。

他們區分為制服組與便服組，前者在明處，有時環繞在韓國瑜身邊；後者則隱身在群眾中間。其實所謂制服組也不是什麼真的制服，只是自己的白色上衣、深色長褲，便於辨識。不論制服組或便服組，他們都沒有任何配備，連警棍都沒有，完全憑藉赤手空拳。但是他們豪氣萬丈，其中一位說：「我準備隨時幫韓國瑜擋子彈。」

他們過去不認識韓國瑜，今天韓國瑜也未必認識他們，因為選戰太激烈了，他忙得沒有時間認識他們。但是他們很有把握的說：「他也許不認識我們，但他信賴我們；就好像我們原來也不認識他，但我們相信他會帶來不一樣的氣息。」

他們心思細膩，例如規畫動線、安排人員與車輛、選定萬一有事時的撤退路線等等。他們把人生經驗運用在相關活動上，也發揮個人專長，例如有位卡車司機，此時是競選車的駕駛。也有人覺得自己缺乏選戰所需的專長，但無妨，他笑道：「接聽電話總會吧！」這位人士過去在職場上叱咤風雲，一呼百諾，多年來都有屬下代撥電話，如今守在電話機旁，兼管礦泉水、泡麵等事宜。他說，他和每個人一樣，待遇就是一頓一碗滷肉飯。

這群人之中，沒有人談及過去的資歷，沒有人瞻望未來的個人前途。他們自豪的是肝膽相照，自許的盡忠職守，哪怕是最微不足道的傳遞紙巾。有一位人士罹患癌症，正在接受化療，這幾天覺得體力好轉，主動跑來韓營，問「有沒有缺？」細問之下，他罹患了兩種癌症呢！

好萊塢電影《冒牌總統》（*Dave*）中，男主角奉命擔任冒牌總統，他問一位特勤人員：「聽說你們會為總統擋子彈？」特勤沒有回答。這位冒牌總統展現了民胞物與的襟懷，舉國為之詫異。等到功成身退，溜出白宮之際，那位特勤人員說：「為你，我願意擋子彈。」電影中的高潮成為高雄選戰的事實，古道熱腸，俠義可風，將成台灣選舉史的佳話。

韓國瑜在旗山造勢

Y / M / D
2018.11.08

二〇一八年十一月八日下午三時許，我在新左營出了高鐵站。車站門口有個橫幅，「韓國瑜義勇軍小黃車隊」，原來是一輛輛計程車準備載客開往旗山。當天晚上，韓國瑜在旗山「高美醫專」舉行造勢晚會。

嚴格說來，高美醫專位在美濃，不在旗山。但美濃與旗山緊鄰，美濃在東，旗山在西，兩地一向不分家，例如各種觀光指南都是「美濃旗山一日遊」。高雄素有「三山」之說，指的是鳳山、岡山、旗山，贏不了三山，註定敗選。因為這些因素，所以具體地點雖在美濃，但一般都說「旗山造勢晚會」。

義勇小黃車隊的規則再簡單不過，只要坐滿四人就開車。事前言明，一律不收車資，但看乘客隨喜。運將大哥說得豪氣，「反正我也要到旗山給韓總加油，順便載你們一程。」對高雄人來說，韓國瑜最出名的職務是「台北農產運銷公司總經理」，所以「韓總」是高雄人最熟悉的用語。

車程約四十分鐘，距離旗山尚有數公里之遙，車速就不得不一再減慢，因為車潮已經湧現。只見機車、汽車插著韓國瑜的旗幟，彼此加油打氣。

晚會，數萬人湧入現場，再度展現超人氣。

韓國瑜預計在七時半抵達現場，可是不到六時，現場高美醫專已經水洩不通。為維持秩序，工作人員在約一公里外建立管制線，限制汽車通行，但絲毫擋不住支持者的熱情。

某計程車上，五個人都不相識，有講國語的，有講閩南語的，職業、背景各異，卻都有共同的願景：讓高雄翻轉。

其中一位說道，民進黨在高雄市執政二十年，在高雄縣執政三十三年，距離人民愈來愈遠，所以他支持韓國瑜，「換人做做看！」

一位李先生「隨喜」給了駕駛五百元。他說，若問為什麼要來這場造勢晚會，「因為高雄人愈來愈沒有錢，」而且明明有機會賺錢，可是民進黨政府硬是把機會推出去，使選民忍無可忍。

運將搭腔反諷道，台灣人最有骨氣，全世界都要賺中國大陸的錢，只有台灣不要，於是高雄的觀光旅遊業、餐飲業，生意一落千丈。

另一位乘客說，菜市場裡的攤販這回很多都要投國民黨，因為餐廳生意差，菜販連帶受累。

望著窗外的遠山，霧霾成了話題。幾位乘客陸續說道，民進黨反核，惡化了台灣的環境，還糟蹋了大筆款項，選民必須覺醒。

接近現場，有賣便當的，有賣小吃的，有賣冷飲的，還有販售加油棒、喇叭、紀念品、T恤的，綿延數百公尺。

繼鳳山之後，旗山也爆滿，三山已經完成了二山，就等十四日的岡山了。三場都不是周末，成了最佳的人氣測試方式。

當日信函

我昨天在韓國瑜的場子。我的天！什麼時候國民黨候選人在高雄有這等場面！我下午四點多到，近十二點才回到母親家，旗山、美濃何時有這樣的塞車？

選民之熱情奔放，助選人員之熱血沸騰，遠超出我的預期。

最令人印象深刻的，是支持者有各種背景，各種年齡層都有。例如我搭「韓國瑜義勇軍小黃車隊」，乘客連駕駛共五人，只有我是所謂的外省人。一路上聽到的全是閩南語罵民進黨。

韓國瑜爲什麼改變了上台方式？

Y/M/D
2018.11.18

高雄市長韓國瑜周六在鳳山造勢晚會登台時，捨棄了一貫由前台上台的方式，改由後台登台。據了解，純粹是因為安全顧慮，因為已經發現孤狼式的襲擊。韓的志工甚至已經有人因此而送醫。

韓國瑜的人氣愈來愈旺，由前台上台花費的時間愈來愈長，暴露在風險中的時間也相對增加。他身邊的志工護衛透露，民眾夾道歡迎時，暴徒混在人群中企圖攻擊韓「已經有好幾次」。據透露，韓本人沒有受到任何傷害，但志工護衛已有多人或挨拳頭，或被架拐子，還有人疑似肋骨斷裂而不得不送醫。

志工護衛表示，韓國瑜爭取高雄市民支持，不分藍綠，而且愈是深綠地盤愈要去，無疑使安全工作更形重要。志工護衛都是熱血中年，沒有相關配備，也沒有執法權力，只能以肉身捍衛韓國瑜。一位志工護衛說，歹徒施暴的另一方式是在安全人員耳邊按高音喇叭。志工護衛表示，高音喇叭的音量可能干擾安全工作，也會造成安全人員聽力受損。

據指出，截至目前為止，暴徒都是孤狼，但足以造成威脅；「一面喊著凍蒜，一面從下方襲擊」。韓國瑜了解這個狀況，已為安全志工投保意外險。志工護衛說，「我們相信韓總可以帶我們翻轉高雄，」所以繼續出錢出力，甘冒受傷或生命危險。

比選高雄市長更重要的事

Y / M / D
2018.11.22

高雄市長選戰已是全國議題，甚至延燒海外。紐約的美國榮民節（Veteran's Day，一戰停戰日）大遊行，來自台灣的退伍軍人高舉著中華民國國旗，高唱的是韓國瑜的競選歌曲之一《夜襲》。華府友人回國，必然安排的行程之一是韓總的造勢晚會；沉浸在現場猶感不足，還希望更改行程，等到投票日之後再返美。

但凡參加過造勢晚會，身價頓時不同。回到美國後，描述現場，備極生動，旅美鄉親聽得津津有味。甲君舉了兩個例子，讓鄉親神往不已：「一面塑膠國旗，小幅的，要價新台幣三十元，還不一定買得到，」「韓國瑜八點到現場，我搭車五點到，就已經只能在一公里外下車，步行到現場。」甲君搭的是「韓國瑜義勇軍小黃車隊」，坐滿就開車，車資隨意，但看乘客隨喜、隨緣。

乙君也是乘坐小黃車隊去的。他說，車上五人互不相識，一位講國語，四位講閩南語，職業、背景各不相同，卻毫無隔閡。五人過去都曾支持民進黨，如今全都期待高雄翻轉。他們固然對陳其邁有意見，更重要的是集體對民進黨不滿。這種期待變天的心情，超越了族群、年齡層、社會階層。或者說，無良政客在台灣搞分化廿、卅年，如今選民不再那麼容易受騙了。

運將反諷說，全世界就屬台灣人最有骨氣，「全世界都賺阿共的錢，只有台灣人不要。」一位乘客說，不是台灣人不要，是民進黨政府不要，害高雄的觀光、餐飲都蕭條，連菜販收入都下滑。

乙君說，最令他印象深刻的，是高雄民眾不再依賴傳統媒體。因為網路太發達，各種群組提供的訊息太豐富。儘管網路謠言不少，但群組之中總有正義之聲，總有明理之人，終究會讓真理浮現。舉例來說，兩蔣對台灣的貢獻、馬英九執政時對高雄的厚待、台灣應如何處理兩岸關係等，高雄人說得頭頭是道，不再受親綠媒體左右。另一個指標是高雄人有很高比例反對「東奧正名」公投，一位阿婆說「那個公投有害無益」，在座諸人紛紛稱是。

擁擠的造勢晚會，各種傳單正在發放，其中之一是「下一代幸福聯盟」的「愛家公投」。比起候選人及助選員的聲嘶力竭，幸福盟顯得斯文，但他們立場堅定，他們知道這個議題比誰當選市長更重要，他們要告訴大眾：「我們反對國小教多元情慾；我們反對課本推薦成人內容網站；我們反對課本鼓勵變性手術。」

高雄永福教會的陳志達牧師說，市長有任期限制，但是歷代傳承的家庭定義如果毀棄，影響不知有多深遠，因此「我們有責任站出來」。陳志達說，陳其邁在岡山的造勢晚會，

「有一家人到現場發出了一千多張愛家傳單，我們要繼續努力！」

澳洲智庫 Lowy Institute 有篇專論談「觀察台灣的選舉，要看什麼？」稱看點之一是有關婚姻的公投。外地人看韓國瑜聲譽鵲起，其實很多高雄人早就對蔡英文投下反對票，關鍵就是同婚。蔡中意的人除非旗幟鮮明的捍衛傳統家庭價值，否則在高雄很難討好。

聖經《彌迦書》寫道：上帝要的是「行公義，好憐憫，存謙卑的心」。天視自我民視，天聽自我民聽，兩天後，且看高雄人展現的覺醒——在公職選舉上，也在公民投票上。

韓流吹到華府

Y / M / D
2018.12.06

一股「韓流」吹到華府。美國的台海議題專家沒有一位見過高雄市長當選人韓國瑜，現在人人都對韓國瑜抱持高度關注，巴不得他明天就來美國訪問。

華府智庫「台美關係研究中心」（ＩＴＡＳ）周二舉行研討會，討論九合一選舉及美台關係等，由英國劍橋大學新興強權中心研究員陳以信主持。專家學者個個有備而來，不過與會人士顯然對「韓國瑜現象」更為關注，甚至有人問來訪的國民黨立法院黨團總召江啟臣：「未來會不會與韓國瑜搭檔參選總統、副總統？」

江啟臣說，訪問華府期間，不斷有人問起韓國瑜及「韓流」，國務院官員問、智庫的專家學者也問，希望韓國瑜能夠早日訪美，一方面為高雄招商引資，一方面也讓美方了解韓對美台關係和兩岸關係的看法。江說，此行接觸的美方人士，「到目前為止，沒有人見過他，但是大家都對他有高度的興趣。」

美國人希望韓國瑜訪美，大陸方面希望韓國瑜訪陸。與會的約翰·霍普金斯大學訪問學者卜道維說，那就看韓是先去大陸還是先來美國。卜道維說：「有人說他有點像我們的總統，我不知道這種說法是否正確，我對他還不夠了解。」卜道維做過三十多年的外交官，在台北和北京都待過，退休後研究東亞議題逾二十年。這樣的專家尚且對韓國瑜陌生，其他人更是直到「韓流」興起才注意到這號人物。所以一位來自大陸的專家說，有人硬說中共培植韓國瑜云云，「根本是胡扯。」

與會的《外交家》雜誌主編夏舒女士說，韓國瑜勝選顯示了台灣政壇和選舉文化的變化，「政治人物已經不能只靠他們的政黨來爭取選民，看看高雄的歷史和政治背景，這是很有看點的，這也是美國台灣觀察家們二〇二〇年特別關注的一個重點。」

與會人士關注選後的兩岸關係，也關注台灣往後的走向。夏舒說得很含蓄，「選舉結果可能會對蔡總統的新南向政策帶來潛在影響」。夏舒展現了女性的溫柔，只說「李登輝總統、陳水扁總統都推動過南向政策」，沒有說「都失敗了」。

選戰期間，筆者到高雄實地觀選，與多位市民攀談。六合夜市的業者對南向政策體會最深，一位業者竟然有空坐下來與顧客聊天，因為生意太蕭條了。他說：「以前阿共觀光客來光顧，點一杯飲料，幾個人分著喝；現在南向國家的觀光客來，也是點一杯飲料，幾個人分著喝。」消費模式看來類似，其實大不相同，因為「阿共觀光客是要留著肚子，繼續到其他攤位品嘗；南向國家觀光客，只喝這一家。」

也許南向國家觀光客的人數不少，但消費能力才是關鍵。在業者眼裡，政府如果只告訴大家「觀光客人數增加」，卻沒有告訴大家「觀光客花錢總額減少」，那無異於假新聞。

卜道維說，這次選舉，「以美國的標準是A⁺。」他關注北京方面會如何調整對台政策，江啟臣和陳以信更關注台灣自己如何調整，陳以信說，台灣的時間有限，否則民眾的失望繼續累積，會反映在後年大選中，而台灣遭受的損失更是全民埋單。

華府元旦升旗吹韓風

Y / M / D
2019.01.03

美東時間元月一日上午，華府僑胞舉行升旗典禮。「華府僑胞」這個詞並不準確，因為有僑胞遠從亞特蘭大開車到華府參加這項典禮。亞特蘭大到華府，單程六百三十八哩，來回超過兩千公里。

住在亞特蘭大的李亞新、黃美美夫婦開車十幾個小時，夫婦倆的好友－真正的華府僑胞陳繼亮誠摯的邀請他們參加升旗典禮，使他們成為最遠道的賓客。

華府的升旗典禮不同於國內。在人家的土地上，不容易看到自己的國旗；而且美國不承認中華民國，如何在室外呈現國旗是大學問。面對這個課題，官方駐美機構比較敏感，但僑胞是民間身分，可以自由揮灑。多年下來，典禮愈辦愈隆重，也愈辦愈細緻。雖然不像台灣那樣有儀隊操槍等精采表演，但旗隊、迎旗、軍樂、愛國歌曲等，一樣不少。

與台灣最大的不同，除了中華民國國歌，還要唱美國國歌。主辦單位請來歌唱家戴堯天領唱，又請來舞台設計專家劉念湘備妥音響。歌聲配上音響，烘托出熱烈的氣氛。

九合一選舉期間，華府感受到「韓流」。今年升旗典禮，沒有去年元旦的寒流，卻依然有「韓流」餘緒。大華府地區黃埔同學會會長鄭文彬致詞時說，待會兒要唱愛國歌曲，「當然，我們今天不唱〈夜襲〉；元月一日早上唱夜襲好像也不太適合。」理財專家張文進博士找到去過韓國瑜場子的僑胞，追根究柢的要問清楚「韓國瑜為什麼打動人心」？

今年僑胞出席格外踴躍，連續十六年的共同主辦人、華府榮光會會長李昌緒準備了四百條國旗圍巾，在典禮開始之前二十多分鐘就分發一空。

升旗台正前方的是我國駐美代表高碩泰大使偕夫人宋小芬、副代表薛美瑜及黃敏境兩位公使、以及代表處的官員和眷屬等。談到高碩泰與國旗，一位僑胞說，兩個多月前在雙橡園的國慶酒會，終於又在園中升起了國旗。當晚有明亮的燈光投射，還有典雅的花卉布置，吸引了眾人目光。不遠的旗桿上，飄揚著青天白日滿地紅的國旗，惟天色已暗，且與主屋相背，賓客注意到的並不多。

四十年前的除夕，即一九七八年十二月三十一日傍晚，寒風細雨中，雙橡園最後一次舉行降旗典禮。從那一天起，雙橡園空有旗桿，直到二〇一四年的國慶酒會才再次升起國旗，當時的駐美代表是沈呂巡。二〇一五年元旦，沈呂巡、李秋萍夫婦偕代表處全體員眷在雙橡園升旗。但美國官方對此有意見，接下來幾年遂未能再在雙橡園升旗。去年國慶酒會，高碩泰成功達陣，卻依其一向低調的個性，一語不發。

今年元旦升旗，從不缺席的中華民國駐美軍事代表團依舊全員舉家到齊，戰鬥機飛行員出身的團長洪光明少將迎著冬季陣風，心中想到的或許是「凌雲御風去，報國把志伸……」。擔任過海軍一級艦艦長的海軍上校吳國中、西點軍校畢業的陸軍少校江奇峰，再兩個星期就奉調回國了，這天暫且放下打包行李、辦理手續等事，絕不錯過一生能有幾回的華府元旦升旗典禮。

在喬治城大學攻讀國際政治的陳佳圻在群組中留下這麼一段：「今天一早跑去參加了元旦升旗，新年第一天就能看見旗海飄揚，很開心！」

僑胞爲韓國瑜訪美，徵三十人禿子護衛隊

Y / M / D
2019.02.10

大華府地區的熱心僑胞正在努力爭取高雄市長韓國瑜訪問華府，同時在新春團拜中宣布，計畫成立三十人的禿子護衛隊。退役空軍上校謝啟宇身先士卒，當即第一個報名。

由退伍軍人組成的華府「榮光聯誼會」周六在新財神大酒樓舉行新春團拜。會長李昌緒表示，韓國瑜準備在春天前往哈佛大學費正清中國研究中心演說，華府僑胞正研究如何爭取韓訪問華府，而且韓是軍人退伍，榮光會成員覺得邀訪義不容辭。

稍後，團拜司儀謝啟宇進一步指出，韓國瑜如果訪問華府，勢將掀起少見的熱潮；熱愛中華民國、支持韓國瑜的僑胞會積極參與。謝啟宇表示，僑胞有責任熱情接待，也有責任確保人身安全，因此榮光會公開徵求「三十人禿子護衛隊」，不管是原本禿子，或是暫且犧牲秀髮，「我們都竭誠歡迎。」

問起謝啟宇的頭銜，他自豪的說，「我是中華民國退役空軍上校。」他表示，他第一個響應，所以「現在還有二十九個名額」。他說，榮光會財力有限，新春團拜都是僑胞自掏腰包，因此報名參加禿子護衛隊，「我們能給予的，就是一張貼紙，以國旗為背景，寫的是

『禿子跟著月亮走，我們跟著禿子走』。」

就在團拜餐會上，已經有人對謝啟宇說，何時落髮，請告訴大家一聲，「不只一家要直播。」

韓國瑜的維安志工

Y / M / D
2019.02.28

高雄市長韓國瑜以節約為由不住市長官邸；接下來，在競選時為他擋子彈的「熱血中年」似正在回流。這兩件事指出了同一個事實：韓國瑜的人身安全已是絕不可輕忽的關鍵議題。

人身安全，絕非危言聳聽，因為就在上星期，韓在三重為立委候選人鄭世維助選時，韓身邊的維安人員遭到惡意傷害，幸無大礙。這些維安人員全屬志工護衛，與官方無關，都是自掏腰包，從高雄趕到台北護駕。三個月前，在高雄的競選活動中，他們數度遭到攻擊，或挨拳頭，或被架拐子，還有疑似肋骨斷裂而不得不緊急送醫。

韓的人氣愈來愈旺，從前台登台，耗時愈來愈長，暴露在風險中的時間因此增加。競選時最大規模的一場造勢晚會，韓因此捨棄了一貫作法，改由後台登台，以避免「孤狼」式襲擊。這種孤狼的施暴方式之一是猛按高音喇叭，不但干擾維安工作，也可能造成維安人員聽力受損。

擔任市長後，韓的人身安全由警方負責。但韓到外縣市助選，警方隨行維安，會不會遭人以「不屬公務行程」而批評？於是幾位熱血中年回來了，唯他們多數住在高、屏，競選期間，騎自己的機車就來了；如今跑到台北等外縣市，交通、飲食等費用可是不小的花費，而他們都是吃退休金的。

他們不乏受過軍事訓練者，有昔日的戰鬥機飛行員，有擔任過前線戰地指揮官的退休將領，還有一位上校退伍，競選期間在門口當警衛。選前、選後，韓的身分由候選人成為市長，可是他們的身分沒有改變，不屬官方，沒有公權力，不能配備器材。他們憑藉的，除了一腔熱血，還有很清晰的維安觀念。

其中一位告訴筆者，韓不住市長官邸，市長辦公室也換地方，事前並未與維安志工商量，但志工普遍認為韓此舉至為正確，因為官邸、原來的市長辦公室，「誰知道有沒有布滿各種偵測設備。」如果真的如此，其作用至少有二：第一，前幾任市府官員如果違法亂紀，下台前又未及毀滅證據，此時必定想盡辦法要知道韓會採取什麼行動，所以韓更換住、辦地點，可以斷小人耳目。第二，藉由偵測設備，有心人可以得知韓的作息時間、生活習性、相關人員出入等訊息，韓的人身安全將大受威脅。

韓國瑜已是全國人氣第一名，對他有敵意、甚至欲除之而後快者也因此增加，使他處於凶險之中。一位曾負責政府維安工作的人士說，這些具有敵意者彷彿影子部隊，「你知道他存在，你知道他膽大妄為，你知道他甚至可能先下手為強，但你很難知道他的實體在何處。」

選舉結束後，有幾位維安志工終於放心進醫院，一位換肝，一位安裝心臟支架；有幾位志工把競選總部的電腦檔案清理妥當，把電腦帶回家，因為電腦幾乎全都是志工從家裡搬來的。韓國瑜請志工、黨工吃飯，沒有人坐主桌，都說無功不受祿，最後是韓國瑜把他們一一請至上席。

其中一位說，競選時，群眾有人「一面喊著凍蒜，一面從下方襲擊」，韓國瑜因此為維安志工投保意外險。志工現在最關心的，是如何強化韓國瑜的人身安全，尤其韓在其他各地走透透時的安全。

「挺韓」選總統，郭台銘不是川普

Y / M / D

2019.04.24

民調完勝！百分之四十八藍選民「挺韓」選總統，強壓郭台銘。郭台銘要參選總統，立刻讓人想到他會不會是台灣版的川普。答案是：他當然不是川普；一旦正式參選，會比川普慘得多。

的確，兩人有不少相似之處，如企業家、富豪、政治素人、高姿態、不滿新聞界等。既然川普能平地驚雷成為總統，郭台銘有何不可，何況世界各國以企業鉅子成為國家領導人的比比皆是。

然而郭、川參選有個根本的不同。這項不同，隨著選戰日熾會愈形激化。川普在二〇一六年受益於此一激化，可是郭台銘必將受制甚至受害於此一激化。

當初在完全不看好的選戰中，川普逆勢而上，是因為經過十六年（柯林頓八年，歐巴馬八年）的民主黨治理，美國民意正在「向右轉」，川普成了保守派的代言人。以軍中同性戀為例，過去美軍不接受同性戀，到了柯林頓，放寬為「你不能問，我不能說」；到了歐巴馬，完全解禁。同性戀視為大獲全勝，但是堅持傳統價值者大為痛心。當時一位現役上將投書報刊質疑歐巴馬，獲得廣大迴響，說明了民心正在轉變。

川普勝選，是美國「沉默的大多數」不願繼續縱容。歐巴馬任內，美國自由派聲勢最旺之時，有城市主張就「上廁所」一事舉行公投：「只要我覺得我是女性，就可以上女廁所」。還好公投審議委員會制止此議，否則不知將釀成多少性侵案件。在當時的氛圍下，川普登高一呼，反對墮胎、反對同性婚姻、反對歐記健保、反對民主黨的移民政策，力圖重建美國的傳統價值觀，不再以「政治正確」討好選民。

近年不斷有人指斥自由派破壞美國的立國基礎，但像川普這樣旗幟鮮明、立場堅定、直接對幹的，為數不多。川普的原則很簡單：笑罵由人，我自為之。於是愈接近投票日，他的競選場子愈熱，尤其是「搖擺州」，捍衛傳統價值的基層選民紛紛走出家門，也走出壓抑了多年的鬱悶。

至於郭台銘，他強調的信仰價值是「和平、安定、經濟、未來」，這幾項，在台灣沒有什麼爭議，能否因此激起選民熱情，不無疑問。雷根的選戰主軸是詢問選民「你比四年前好嗎？」川普的口號是「讓美國再次偉大！」郭台銘要拿什麼喚起選民？

川普的事業在美國，他在選戰中號召美國企業回流；郭台銘的事業主力在大陸，他要如何號召台商回流？尤其嚴重的，在激烈選戰中，在民進黨一貫抹黑且有效的技倆下，郭這個背景會造成怎樣的負面效應，實不敢想像。

二〇一二年大選前，美國的參選人有位詹姆斯·瓊斯（James Jones），後來擔任過歐巴馬的白宮國家安全顧問，當時並不具備全國知名度，也沒有什麼令人信服的政見，但聲勢一度很高，令人意外。究其原因有二，一是他剛從北約盟軍統帥一職退役，美國已很久沒有「出將入相」的故事，所以他受到矚目；二是他宣布參選之際，正好趕上民調，選民記憶新鮮，所以他的排名很高。但這幾項因素都只能曇花一現，果然之後就漸趨沉寂，最終退出行列。

川普在俄國的生意比重極輕，尚且飽受「通俄門」調查之苦。如果郭台銘正式參選，東廠、西廠能不羅織出「通共門」？

發聲明後消失幾小時，韓國瑜到哪兒去了？

Y／M／D
2019.04.24

高雄市長韓國瑜發表五點重大聲明後，短暫消失了一段時間。他沒有吃飯，而是排除所有行程，專程探望「志工護衛隊」一位罹病的弟兄「槐哥」。另一位隊員栗正傑在社群媒體發文，說槐哥一直不願打擾韓。「或許有的候選人有錢、有權、有貴，但他們有這種生死相挺的兄弟嗎？」

槐哥的姓名是「槐建中」，陸軍官校四十九期畢業，中校退伍，現年六十一歲。去年高雄市長選舉期間，韓國瑜還一個人孤坐麵攤吃滷肉飯的時候，槐哥就是競選團隊志工，幫韓打掃辦公室、清理垃圾、找人修水電。後來韓國瑜聲勢高漲，槐哥成了護衛隊第一勇士。韓每次大進場，槐哥總以他高大的身材護在韓後面。但每次任務結束後，他總是疲累不堪，不過他硬是撐到韓當選之後，才去檢查身體，赫然發現是肝硬化，住院治療。護衛隊員每次去探望他，都希望把他生病一事轉告韓，「市長認識的人多，一定可以幫忙找到更多支援。」但槐哥一再交代「千萬不要告訴市長，市長剛就任，很忙，千萬不要打擾他」。

一直到前幾天，槐哥肝昏迷了兩次，栗正傑違背槐哥的交代，在星期一讓韓知道了這件事。栗寫道，「有情有義的市長，立刻放下惱人的政治紛擾，趕來探望槐哥。槐哥看到市長，又感動又開心，用虛弱的聲音告訴市長，要救全台灣！」

曾經擔任過澎湖防衛司令部副司令的退役少將栗正傑寫道：「是誰能讓市長在上午剛發表五點重大聲明之後，連飯都不吃就趕來探望的人？是槐哥。」「或許有的候選人有錢、有權、有貴，但他們有這種生死相挺的兄弟嗎？」

韓國瑜志工護衛隊，等到了奇蹟

Y / M / D
2019.05.11

「奇蹟真的出現了！」美東時間星期六凌晨四時，即台北時間星期天下午四時，一通來自高雄的國際電話打到華府，說歷經多次嘗試後，經由親人、親友、袍澤不斷努力，協助槐哥找到了合適的換肝配對。又說這位主治醫師的手術成功率是全台最高者之一。

槐哥本名「槐建中」，陸軍官校四十九期畢業，中校退伍，現年六十一歲。去年高雄市長選舉期間，韓國瑜還一個人孤坐麵攤吃滷肉飯的時候，槐哥就是競選團隊志工，幫忙打掃辦公室、清理垃圾、找人裝修水電。後來韓國瑜聲勢高漲，槐哥成了護衛隊第一勇士，以其高大的身材負責第一線護衛。

韓國瑜當選之後，槐哥體檢發現肝硬化，住院治療，但堅持不讓市長知悉。反倒一再交代「千萬不要告訴市長，市長剛就任，很忙，千萬不要打擾他」。

不久前，韓獲悉槐哥生病，隨即專程探望「槐哥」。槐哥特地和家人穿上「九合一」選舉時的志工護衛制服，第一次和韓國瑜合影。槐哥用虛弱的聲音告訴市長，「要救全台灣！」

同為志工護衛一員的退將栗正傑表示，韓市長探望後，槐哥又多次肝昏迷，已進入加護病房，甚至交代遺言。沒想到經過眾人的集氣禱告，竟然奇蹟出現，在最危急時刻換肝手術配對成功。栗正傑說，槐哥家人衷心感謝大家關懷，也誠摯感謝大家循各種途徑協助槐哥。

註：此文在血癌病房中與記者蔡孟哲聯名報導。

我在韓國瑜身旁擋子彈的日子

栗正傑（作者為前小金門指揮官；曾任職總統府侍衛室；陸軍少將退伍）

今年十月，高雄議員聯合競選總部成立大會時，韓國瑜來參加，那時他的人氣還不旺。在那個場合，我遇到幾位已經當他護衛的學弟，他們告訴我最近韓的人氣愈來愈旺，需要更多人手協助維安，問我能否加入護衛志工，我當時隨口也就答應了。

等到正式加入護衛隊，了解一些競選活動的實況，真的是深深感動，更確認能加入這個團隊是很有意義的事，因為他真的沒有競選總部、沒有競選總幹事、更沒有競選經費，高雄市黨部就是他的總部，他的競選團隊除了幾位黨工，其餘都是志工。你若進入高雄市黨部，從門口的警衛、服務台接待人員、到各小組成員，都是志工，沒有大咖的政治人物、沒有大企業老闆進出協助、沒有競選經驗的政客指導選舉策略，純粹就是「平民革命」。所以，我相信如果韓國瑜當選，他除了欠高雄廣大平民對他的支持外，他不欠任何政客、企業老闆等政商高層人情，所以我相信在沒有這些政商包袱下，他一定可以按自己的意志推動有利高雄全民的政策！

或許有民眾好奇我們護衛隊志工除了在電視看到的護衛時的推擠外，實際有哪些看不到的事情呢？我告訴你，我們每次出勤，有時有便當，有時時間配合不上，都自己買麵包充飢，至於交通費用也都自掏腰包。但雖然如此，的確也讓我們更相信韓總的清廉。另外在推擠的過程中，夾道歡迎的民眾也不見得都是韓粉，有好幾次暴徒混在人群中企圖暴力攻擊韓總，因此我們夥伴已有多人挨了拳頭或被架拐子，也有惡劣分子在我們耳邊按高音喇叭，但我們都隱忍下來，我要表達的是，我們自己出錢出力去做冒著生命或受傷的危險，為的只是我們相信韓總可以帶我們翻轉高雄，為高雄未來開創繁榮的日子。

仗義每多屠狗輩——栗正傑臉書留言

真的是一群不忮不求、無勇功、無智名的情義夥伴，隨著選舉結束，我們這夥護衛隊在互道珍重後也立即解散，各自回到自己工作崗位，沒有聚餐，沒有韓市長的簽名，只留下光榮的戰袍，告訴親朋好友我們參加了一場光榮的「平民革命」。

上圖：韓國瑜為高雄市長候選人時，其志工護衛之一的栗正傑。（劉屏攝）
下圖：劉屏與栗正傑在韓國瑜的造勢現場合影。

爭取韓國瑜訪華府，退役空軍上校謝啟宇宣布徵求三十人「禿子護衛隊」。（華府榮光會提供）

第五部

國魂，軍魂，靈魂

沒有軍魂，哪來國魂？

普世裡崇高靈魂處處在，軍魂怎會被摧毀？

探生命靈魂，尊崇軍魂，再復國魂！

洪仲丘與布希花園

Y / M / D
2014.01.04

台灣推動募兵制嚴重受挫，一點不令人意外。大肆炒作洪仲丘命案時，就該想到這個必然的後果。恣意踐踏國軍尊嚴，然後指望青年從軍報國，這不等於把人毀容後，叫人參加選美？

國軍募兵前途艱辛，新聞上了美國ＡＢＣ等大型媒體的網站。差不多同一時刻，美國大型媒體播（刊）了一則美國的阿兵哥新聞，有的（例如ＮＢＣ）還置於晚間黃金時段的全國頻道。

事情發生在芝加哥機場。一架客機降落後，來了幾輛消防車，前前後後，以水柱朝機身灑水，以示歡迎。就像台海兩岸首航班機在對方機場獲得的待遇。

原來是十三位美國大兵從阿富汗戰場歸來，在芝加哥轉機飛往聖地牙哥。一位七十四歲的機場義工獲悉大兵即將「過境」，安排了這項儀式。

大兵下機後，逐一進入候機室，另一項隆重的歡迎儀式等著他們。三十位制服人員（警察及消防各十五位）整齊的分列兩旁，就像儀隊似的歡迎他們歸國。

故事還沒有完。航空公司依例為他們每人免費升等，可是飛往聖地牙哥的班機只剩六個頭等艙機位，其他七人只好按原來的機票坐經濟艙。就在這時候，一位頭等艙乘客告訴櫃台，他願意把機位讓給大兵。接下來，一位又一位，共有七位頭等艙乘客讓座。十三位大兵全部坐上頭等艙。

沒有記者在現場，新聞播出的是旅客手機錄影。航空公司沒有發布消息，因為這種事已經發生過好幾次。就好像美國任一航班、任何機場，軍人永遠優先登機，僅次於老弱婦孺。

前幾年，布希花園（Busch Garden，類似迪士尼樂園）與 Budweiser 啤酒有一支聯合形象廣告，業界評比為年度第一名。廣告內容很簡單：機場的候機室裡，有人看報，有人玩手機，不時聽到擴音器的廣播聲。忽然，從剛停妥的飛機裡走出來一位軍人，身著迷彩制服，拎著行李袋，也許從阿富汗戰場歸來，也許準備轉機前往伊拉克戰場。接著又下來了幾位，陸續從候機的旅客前走過。

有位旅客站起來鼓掌。接著另幾位旅客也站起來，掌聲漸強。一會兒，候機室所有旅客都站了起來，掌聲熱烈，歷久不停，還有旅客向他們握手。女兵露出甜美的笑容，男兵酷酷的面容也舒展了許多。

在掌聲中，全體旅客目送這幾位軍人離開，廣告就此結束，畫面打出「Thank You」。最後兩家公司落款。

一九八六年，好萊塢推出空戰電影《Top Gun》，台灣譯做「捍衛戰士」，大陸譯做「壯志凌雲」，全球票房超過美金三點五億元，更大的影響是美國申請軍校的人數大增。海軍開玩笑的抱怨說，讓空軍撿了便宜，因為申請空軍官校的增幅最大，其實片中主角駕駛的F－14是海軍戰鬥機。

一位政治大學外交系畢業的高材生說，早年很多人以政大外交系為第一志願，但是中華民國退出聯合國後，以之為第一志願者大減。多年來，理工科的學生多以電機或機械為第一志願，但五十年代末至六十年代初例外，因為李政道、楊振寧獲得諾貝爾物理獎。

望子成龍，因為「飛龍在天，利見大人」（見《易經》，意指有才德之人能夠發揮所長）。如今龍游淺水遭蝦戲，誰還要當龍？滿目盡是虎落平陽被犬欺，誰還要穿那身老虎皮？

藍天上的碧血黃花

Y / M / D
2014.10.23

空軍「雷虎小組」AT－3訓練機失事，飛行員莊倍源不幸殉職。消息傳至美國時，筆者正與幾位飛行員在一位僑領家中做客。他們的隊友使用不同機種，隔天清晨四時依然準備起飛。當大地仍在沉睡時，拂曉攻擊的演練課目已經開始，日復一日，年復一年。一位飛官說，袍澤罹難，至為傷痛，可是「這身飛行衣，意味的是責任與榮譽，也意味著風險」。

飛行員犧牲家庭幸福

民國六十年，「雷虎」成員羅宏新在淡水河上空表演時失事墜毀而殉難。當天，他的隊友繼續表演，包括噴出「六十」字樣向國家獻壽。

莊倍源所屬的單位原本要在二十五日的全民運動會表演。令人想起，正好五十年前，中華民國空軍參加國慶閱兵大典時，一天之中兩起意外，兩位飛官不幸殉難，其中一位林鶴聲也是特技飛行員，曾駕駛F－104「星式」戰鬥機在菲律賓「飛行兄弟」大會演出。今天屏東市「鶴聲國小」即是紀念林鶴聲這位屏東鄉親烈士。

宜蘭有個「南屏國小」，紀念駕駛U-2高空偵察機被共軍擊落而殉難的李南屏，他也曾是「雷虎小組」的成員之一。

莊倍源的孩子才十歲。日後誰教這個孩子騎腳踏車？誰和這個孩子打棒球？他們不但犧牲了自己的生命，也把家人的幸福一併擺上。莊倍源在十月二十一日殉難。六年前的十月二十日，一架經國號在澎湖外海失事，古智賓、陳建廷兩人罹難。古智賓的同學說，自己當時在美國德州受訓，太太半夜打電話告訴他這個惡耗，「我睡不著了，開始翻看照片，古智賓參加了我們的婚禮。」失事時，古智賓剛結婚，太太懷孕。一位飛官說：「那時候，我太太也正懷孕。我心裡想，如果是女孩，將來誰牽她的手進禮堂？」

「鶴聲國小」在屏東市。屏東東港有個「以栗國小」，紀念「黑蝙蝠」偵察機飛行員周以栗。一九六三年，周以栗駕駛P2V-7在江西上空遭共軍擊落，全機十四人全部不幸殉難。那一天，台灣有十四個家庭破碎。

做東的僑領馮國博是空軍子弟，他說，小時候最怕看到中吉普開進村子裡，因為那是來報喪的。他說，正在嬉戲的小孩子紛紛躲到角落，「偷偷看大官走到誰家，是誰家的伯伯走了。」馮國博說，從小「同學、同伴，不知道有多少人是孤兒。」有的跟著寡母再嫁，不料二度成孤兒。如今馮國博經常接待來美受訓的青年飛官，家裡有他們的照片，「你看，個個都帥，都可愛的沒話說。」他說：「我為他們每個人禱告，每天為他們禱告，希望他們每個人和每個人的家人都平安。」他也向他們傳福音，讓他們「仰望在上帝手裡的真正平安」。

今年三月，學生占領立法院時，旅美的空軍軍史專家王立楨到立法院與學生交談，也到碧潭的空軍公墓憑弔，「那裡埋葬的，比占領立法院的學生大不了多少，他們在短暫的生命裡，用行動說明了他們是如何熱愛著這塊土地。」他看著墓碑上的生卒年日，金靖鏘，殉職時還不滿二十歲；范煥榮駕駛F－104殉職時，才二十五歲；曾在台海上空擊落敵機的宋宏焱，殉職時才二十七歲；中尉傅永練在執行深入大陸的特種任務中殉職時，才二十七歲。

一九八二年，美國空軍特技小組「雷鳥」在表演時，可能因為領隊研判錯誤，四架飛機墜毀，機員全數殉難。一九八八年，義大利特技小組「三色箭」在德國表演時，三機碰撞，機員全數殉難，地面上的觀眾八十四人死亡，逾五百人受傷。日本也發生過類似不幸。

凌晨冒刺骨寒風出門

不幸事件過後，特技小組繼續到各地表演。就像各種訓練過程中的意外過後，訓練、戰備依然進行。僑領說，藍天之上那乍開驟謝的碧血黃花，讓人永誌不忘；讓他們駕著飛機直上九霄的修護、通信老班長們，同樣讓人永誌不忘。王立楨說，地勤同樣是「經常在凌晨三、四點鐘冒著刺骨寒風出門，搭上軍用大卡車開往基地，準備破曉的第一班任務。在當年還是九彎十八拐的石子路上，不少人就抓著車廂邊，一路把早餐又吐光……。」

老水兵的最後心願

Y / M / D
2015.02.26

農曆新年前不久，在台北舉行了退役海軍中將、前海軍總部艦管室主任雷學明的追思禮拜。不禁想起美國海軍稍早的一則訊息「A Sailor's Dying Wish」（老水兵的臨終心願）。

這則訊息的撰寫人是美國陸戰隊退伍女兵哈斯坎普（Jennie Haskamp），發表在美國海軍太平洋艦隊的網站上，很短時間即在英語世界普遍轉載。

老兵克勞德（Bud Cloud）高齡九十，住在聖地牙哥，早年在驅逐艦「杜威」（Dewey，DD-349）號服役。有一天，他告訴哈斯坎普，「不知道還沒有機會看看聖地牙哥的海軍。」按，聖地牙哥是美國西岸最大軍港。

哈氏四處打聽，沒想到竟然收到「杜威」號副艦長的電郵，邀請老水兵登艦參觀。當然，早年的「杜威」早已除役，今天的「杜威」是飛彈驅逐艦，編號 DDG-105，正駐紮在聖地牙哥。

老水兵抵艦時，大吃一驚，因為十餘位官兵列隊歡迎，並由全艦年度考績最優的一員為老水兵推輪椅。艦長告訴老水兵，今天不是「登艦」（at the Dewey），而是「蒞艦」（aboard the Dewey），所以享有最尊崇的待遇，包括由艦長召集全艦官兵與老兵座談，交換經驗；更聆聽老水兵和老「杜威」當年的海上風雲。

老兵的聲音有點弱，沒關係，艦長或其他長官幫忙轉述，透過麥克風讓全體官兵知悉。座談結束時，官兵們依序與老兵握手、合影，而且一個個報出自己的姓名、職級等。

一位士官走到老兵面前時，從身後拿出一張大照片，是老「杜威」的英姿。老兵揚聲道，「就是她！」，然後緩緩道來「杜威」號的戰場經歷，包括在珍珠港遭到日機偷襲。

老水兵告辭時，艦長致贈銘盤、硬幣等紀念品，其上鐫有艦名、艦徽。艦長並率全體官兵列隊歡送。此時艦上響起笛聲，並且鳴鐘，值更官也透過擴音器宣布「電機二等兵、珍珠港生還者巴德．克勞德離艦」！艦長及全體官兵行舉手禮致敬。這是高級長官離艦才有的殊榮。

艦長小聲詢問陪同的哈斯坎普，能否改日率官兵拜訪老水兵。哈氏回答說，隨時歡迎，但恐怕機會不大，因為老水兵其實已經住進安寧病房。

當晚，老兵握著紀念硬幣，告訴哈氏，「我的後事，別的我不管，唯一的要求，妳得答應讓這枚硬幣伴我入土。」

十三天後，老水兵與世長辭。他生命的最後十二天，每天都談到「杜威」之行。那十二天的訪客，每位都聽他介紹他與艦上官兵的合影、硬幣、銘盤等事。那十二天，老水兵天天都很開心。

故事沒有結束。喪禮上，擔任榮譽衛隊的，正是「杜威」號的官兵，他們是自願的。喪禮後，他們到老兵家裡盤桓了一小時，為的是向老兵家人致意，因為這位老水兵「自始至終以身為水兵為榮」，是現代水兵的表率。

「杜威」號官兵不但打開艦門，讓老水兵蒞艦；也敞開心門，讓老水兵實現最後心願。老水兵最後告訴哈氏的話是：「好女兒，這是我一生最好的時光。我做夢也沒有想到我能重登『杜威』號，和今天的水兵握手。」

哈氏這篇文章獲得極大迴響。留言之中，很多人寫道：誰一直在切洋蔥？（害我一直流淚。）

雷學明忍辱負重，最後得還清白。喪禮上，國旗覆棺，馬英九總統頒旌忠狀，場面備極哀榮。張茂松牧師慰勉雷家家屬說，人的榮耀是靠犧牲奉獻而贏得，並非政治人物給予，「上帝也必定肯定雷學明的貢獻，且已經接待他歡歡喜喜歸回天家」。

聖地牙哥的克勞德是低階水兵，未必有雷學明那樣的彪炳勳業，但只因為他獻身海軍，後生晚輩助他實現夢想，讓他歡歡喜喜離開塵世。美國有一首詩寫道：「美國的自由不是白白得來的，要靠愛國的美國人，要靠你和我。」（Freedom in America isn't really free. It's up to American patriots; It's up to you and me.）成就偉大的國家，靠的是這樣的理念世代傳承。

藍天上乍開驟謝的黃花

Y / M / D
2016.01.28

我國長駐美軍路克基地一架 F－16戰機失事，飛行員高鼎程少校隨機墜地殉職，年僅三十一歲，留下父母、妻子、剛周歲的稚女，以及尚未滿月的兒子。

讓人想起高鼎程隊友的話：那個女孩，將來誰牽她的手進禮堂？那個男孩，將來誰扶著他學腳踏車？讓人想起古智賓上尉，殉職時是新婚，太太剛懷孕。讓人想起金懋昶上尉，殉職時，女兒金存茵尚未滿月，在她成長過程中，「父親」永遠只是掛在牆上那幀發黃的照片。讓人想起空軍軍史專家王立楨寫下的：碧潭空軍公墓每一坯黃土下，埋葬的不只是那位烈士的軀體，他們家庭的幸福也隨之葬在那黃土下。

當年的鄭德裔中尉，就在女朋友李筑媛接受他求婚的次日，駕駛 F－86戰機失事。當年的劉履銘中尉準備結婚了，駕駛 T－38教練機失事殉職。追思會結束後，女朋友把貴重的戒指還給男方家人。無緣成為一家人的準公婆輕聲說道：「留著做個紀念吧！」。還有周大同上尉，在預定結婚的前一天，駕駛 F－104戰機執勤時墜海殉職。

高鼎程驟逝，才三十一歲，令人想起另一位也在這個年齡折翼的林鶴聲。民國五十三年國慶閱兵，林鶴聲駕駛F-104參演，由於天候等因素，與另一架F-104相撞，那一天是林鶴聲三十一歲生日前四天。那天犧牲的除了林鶴聲，還有王乾宗。更慘的是另一起，民國五十二年，周以栗駕駛P2V-7偵察機遭共軍擊落，全機十四人全部殉難；那天，台灣多了十四個破碎家庭。

林鶴聲畢業自屏東高中，讓人想起另一位也是畢業自屏東高中的飛行員金靖鏘。金靖鏘從空軍官校飛行專修班畢業，寄了張穿著飛行衣的相片給朋友，附言說自己「真的可以執干戈以衛社稷」了。然而不到三個月就不幸墜機殉職，當時尚不滿二十歲。

金靖鏘是獨子，我們不知道他是如何說服父母讓他從軍的。也許因為他的父親也是空軍，深切體會那種「想飛」的心志吧。高鼎程的父親說孩子「當飛行員是從小的夢想」，李崗執導的電影《想飛》裡，男主角的父親不也是這麼說？

《想飛》裡，男主角的母親早已不在。現實裡，高鼎程、金靖鏘，以及每位飛行員的母親，哪一位不是天天掛在心頭，日日為愛子祈求平安？

高鼎程一位隊友說，這身飛行衣，意味的是責任與榮譽，也意味著風險。飛行本身就有風險，而飛行員的訓練飛行更是高風險，不遜於真正空戰。飛行員出身的前參謀總長陳燊齡說，訓練的驚險程度「就像是在玩命似的」。王立楨說「因為他們平日玩命，所以我們戰時保命」；美軍在越戰時的統計，每五位殉職的飛行員，四位是在訓練時喪生。

世界各地都有空軍子弟小學校友會，這樣強固的凝聚力源自他們共同的背景：同學、玩伴，不知多少是孤兒。飛行員的遺孀很多仍嫁飛行員。有的不幸二度寡居，卻依然選擇飛行員。有人說這是袍澤間的好傳統，但有位女士的回答更令人難忘：「我要讓我的孩子知道他們的父親是什麼樣的人！」

李筑媛後來以寫作聞名，她以「藍天之上那乍開驟謝的碧血黃花」形容殉難的飛行員。高鼎程的姊姊寫道：「對我們來說，花謝落土，但那乍開的繽紛將長留心中。」

難忘捧電鍋的飛行員

Y / M / D
2016.02.11

美國亞歷桑納州的路克基地上空，四架中華民國 F-16 戰機編隊通過上空。但其中一架隨即逸去，以「殞落隊形」（Missing Man Formation）紀念過世的隊友高鼎程少校（追贈為中校）。時間是二〇一六年元月二十九日下午四時二十一分，「二十一」代表這支部隊的番號「二十一隊」。

四架當中，有一架是雙座機，後座飛行員是高鼎程的同學，帶著中華民國國旗。基地十餘架 F-16 是國軍飛機，但長年留駐美國供國軍訓練之用，故漆著美國的軍徽。雖在美國犧牲，但高鼎程的志業是捍衛中華民國領空。中華民國飛行員攜著中華民國國旗，駕著中華民國戰機，向這位為中華民國獻上生命的飛行員表達最高敬意。

無人應答的點名式

今年一月二十一日，高鼎程執行訓練任務時不幸失事墜機殉職，得年三十一，留下妻子、一歲五個月大的女兒、兩個月又二十三天大的兒子。

悼念儀式在路克基地的跑道頭舉行。F-16戰機旁擺置著高鼎程的遺照。基地的軍牧祝禱。現場還有另一位美國牧師，是高鼎程過去在聖安東尼攻讀語言課程時結識的，專程從德州飛來。

追悼會程序之一是「點名式」，由隊長點名，官兵應答。點至「高鼎程」時，無人應答，全場肅穆，表達無盡哀思。

當號兵吹起熄燈號時，二十一響禮槍鳴放，美軍把覆蓋靈柩的美國國旗交給家屬，代表著對這位飛行員的永恆記憶；也把F-16戰機上的中華民國國旗交給家屬，感念這位空軍健兒對國家的終極奉獻。

儀式結束後，警方的重型機車、警備車前導，護送靈車及高鼎程的家人前往三十餘公里外的鳳凰城機場，搭機飛往洛杉磯，隨即轉搭長榮班機返國。高鼎程的妻小、父母、岳父母、姊姊 Monica 同機返國。

護送英靈返回故土

高爸爸說，國軍F-16飛官在路克基地受訓，今年屆滿二十年，「這是第一次出事，希望也是最後一次。」

回頭望去，路克基地聯隊長辦公室前的巨石已漆成金色，並以紅漆寫上 Gold。因為高鼎程的呼號是Gold，即「金」之意。

在洛杉磯國際機場恭候者之一是長榮航班的副機長（他婉拒透露姓名），他曾是國軍F-16飛行員，也曾在路克基地受訓，專程調班來飛這趟美國航線，為的是親自駕機護送學弟英靈返回故土。副機長另一位學弟給我的簡訊上寫道：「筧橋精神，常在！」

旅居鳳凰城的僑胞馮國博參加了追悼會。他說，那位來自聖安東尼的牧師表示，高鼎程當年親口說了相信耶穌基督，於是在火化儀式前，依高媽媽之願舉行了基督教儀式。追思禮拜上，鳳凰城的基督徒姊妹合唱〈奇異恩典〉、〈相約在主裡〉。

馮國博的父親馮紹齡是P-40戰機飛行員，抗戰時曾在路克基地受訓，今已九十五高齡。馮國博說：「高鼎程和我兒子同年，去年聖誕節，他兒子滿月，他們到我家來，做了油飯帶來。」當天高朋滿座，馮沒吃上油飯。臨走時，高鼎程捧著電鍋，一臉歉然地說，「對不起，改天再做了帶來。」馮國博說，忘不了高鼎程當時的模樣，「他還要我保重身體，沒想到那是最後一句話。」

最後一句關懷的話

馮國博說，他與高鼎程的遺屬幾次禱告，「內心都有很平安的感覺，確據他在主懷裡安息」，所以「有復活的盼望，將來要在天國裡再見」。

〈奇異恩典〉有一句：「將來在天安居萬年，恩光如日普照。」〈相約在主裡〉則說：「捨不得要告訴你，在主的愛裡我等著你；你可不要忘記，我們相約在主裡，記得我們相約在主裡。」

南韓、台灣慰安婦有差別待遇——《外交家》雜誌：日本吃定台灣？

Y / M / D
2016.03.05

總部在日本東京的英文網路時事雜誌《外交家》（*The Diplomat*）聲援台籍慰安婦，並從國際政治角度分析指出，有關慰安婦，日本對南韓、台灣採差別待遇，因為日本吃定了台灣。值得一提的是這篇文章的撰稿者是美日混血。

華府研究機構「亞洲政策源」（Asia Policy Point）就二戰期間日本強徵性奴（日本政府稱為「慰安婦」）一事在華府舉辦國際研討會。我國駐美代表處二日邀請與會的專家學者及多位美國國會議員前往雙橡園，為他們放映有關台籍慰安婦的紀錄片《蘆葦之歌》。在座者無不深受感動，映後發言，人人聲音哽咽。

受邀者之一是任職於《外交家》雜誌的日本議題專家波曼（Mina Pollmann）女士，她在四日發表專文「台籍慰安婦能否獲日本道歉？」談日本是否繼續「對台籍被害人視而不見」。文章指出，日、韓去年十二月就二戰強徵性奴一事達成歷史協議，兩國間的雙邊合作陷入癱瘓逾二十年後終得恢復。但是台灣呢？

文章寫道，台灣當時有兩千位婦女遭綁架或拐騙而成為性奴。如同南韓一樣，台灣受害婦女在父權文化下，對遭到日軍蹂躪之事感到羞恥或擔心受責，因而未能揭發這段痛苦不堪的遭遇。直到一九九二年，日本眾議院前議員發現三封電報，證明台灣婦女戰時被強徵成為性奴，「台北婦女救援基金會」開始設立專線電話，才有五十八位婦女挺身而出。

文章指出，《蘆葦之歌》講述六位倖存者的晚年。此一紀錄片不在細述她們的悲慘遭遇，而在呈現她們的心理療程及面對可怕過往所展現的勇氣。放映會上，駐美國台北經濟文化代表處沈呂巡大使說：「我們不是反對當今日本政府或人民，他們也是上一代的受害者。但是，我們希望（當前這一代）更積極的正式道歉並賠償。這是人性尊嚴問題。」

文章提及馬英九總統及中華民國政府為這些婦女尋求正義及尊嚴，但「遺憾的是，台灣沒有像南韓一樣的籌碼」。

最後，波曼寫道，日本政府為了維護所謂的榮譽，看來「會拒絕其他國家倖存者期盼的道歉及賠償」。唯日本應了解，如能道歉、賠償，儘管不足以彌補這些婦女經歷的磨難，但「是向維護所有女性尊嚴朝正確方向邁出重要一步」。

美軍誤射無罪，國軍誤射下跪

Y / M / D
2016.07.06

海軍在演訓中誤射「雄三」飛彈，造成高雄籍「翔利昇」號漁船船長黃文忠不幸喪生，至為不幸。這類誤射事件，美、俄、丹麥等國都曾發生，不同的是，美軍誤射可以無罪，國軍誤射被迫下跪。

不到一年前，俄羅斯巡防艦 Ladny 號在克里米亞誤射飛彈。最糗的是，當天是海軍節，港口正舉行閱兵大典，碼頭上，萬頭攢動，一齊目睹此一事件。還好，飛彈朝外海飛去，未聞傷亡。

俄艦誤射的是防空飛彈，射程數十公里。相形之下，美國潛艦誤射飛彈可就嚴重太多了。那是一枚「三叉戟」，射程達一萬兩千公里，是用以裝置核武彈頭的洲際彈道飛彈，還好美軍即時啟動自毀裝置。

冷戰年代，蘇聯海軍誤射，飛彈飛越挪威，落在芬蘭。蘇聯向二國致歉，挪威答曰，雷達幕上發現有異物進入領空，然後逸出領空，沒事了。芬蘭答曰，地廣人稀，不知你家飛彈落於我家何處，幸未聞傷亡。

丹麥海軍也曾誤射「魚叉」飛彈，在林間爆炸並引起大火，燒毀多間度假小屋。所幸當時非假期，無人居住。

最不幸的誤射事件發生在一九八九年，美國萬噸巡洋艦「文森」（Vincennes）號誤把伊朗民航機當作是有敵意的伊朗戰機，發射飛彈將之擊落，機上兩百九十人全數喪生。這起事件的肇因，有謂美艦艦長羅傑斯（William Rogers）過於尋釁，有謂當時美伊關係不睦，美艦又在伊朗水域內，官兵壓力太大，致研判失誤。

美國政府對此「深表遺憾」，但不道歉，唯支付美金一億三千餘萬元（約合台幣四十餘億）給死難者的家屬及航空公司等。

美國還有一次誤射魚雷事件，二戰期間，驅逐艦「波特」（William Porter）號誤射，魚雷直衝主力艦「愛荷華」號而去。情急之下，「波特」官兵違反禁令，以無線電呼叫「愛荷華」號閃避。「愛荷華」號幸而躲過，否則世界歷史可能改寫，因為當時美國總統羅斯福正在艦上。傳說「愛荷華」號閃避太急，以致安全人員必須抱住羅斯福，免得他在甲板上隨著輪椅滑入海中。其實，是他聽說有魚雷來襲，立刻要求安全人員把他推到弦邊，他要親眼看看。泰山崩於前而色不變，真大英雄也！

「波特」號的魚雷操作員後來判處徒刑十四年，但羅斯福特赦他。艦長在軍中的發展未受影響，當時階級是少校，退伍時是將軍。沒聽說他們向羅斯福下跪。

「文森」號全艦官兵無人受處分，且全艦隔年獲頒「戰鬥榮譽緞帶」，表彰其在中東險惡環境中值勤數年的辛勞。授勳證書沒提空難事件。羅傑斯艦長繼續指揮「文森」號，先後部署在太平洋、印度洋等地，他本人後來還獲得功績勳章。未聞他或全艦任何一位官兵被迫下跪。

美國海軍有下跪者，就在今年初，那是被伊朗劫持後，遭到伊朗水兵羞辱。也就是說，美軍下跪，是被敵人所迫；國軍下跪，是被同胞所迫。

將門之後、戰略暨兵棋研究協會理事長黃介正說，軍人「不跪官長，跪袍澤！不跪民眾，跪國家！」。讀過官校、做過軍人的前民進黨主席施明德說，「軍人犯再大的錯，寧可自殺或被殺，也不可以下跪。」誠哉斯言！

兩百多年前，英軍中尉莫瑞（Alexander Murray）被控聚眾滋事，國會判他入獄，且要他在議會中下跪接受判決。他拒絕道：「我請求處死。除了上帝，我從不對任何人下跪。」多年後，莫瑞獲授公爵之位；但英國人更記得的，是他拒絕下跪時的凜然正氣。

羞辱軍人，忘恩負義

Y / M / D
2016.09.04

民國六十九（一九八〇）年十二月四日，空軍一架 T–33 教練機在訓練飛行時發生意外，李家棟中尉不幸殉職，才二十二歲。那一天，是他開始服役的第四天。他的隊友整理他的遺物，發現他的第一份薪水袋還未及打開。

李家棟畢業自空軍官校。官校一年級學生住在「海文樓」，這個寢室大樓是紀念閻海文烈士，閻殉國時二十一歲。官校學生升上二年級，改住「忠勇樓」（忠勇是空軍軍風），這個樓是紀念高志航烈士，高殉國時三十歲。三年級住進「崇誨樓」，紀念沈崇誨烈士，沈殉國時二十六歲。四年級住進「志開樓」，這是紀念周志開烈士，周殉國時二十四歲。

藉著海文、志航、崇誨、志開，日日夜夜提醒學生「隨時準備為國犧牲」。這正是革命軍人的志節，李家棟的同期同學謝啟宇保存了在空軍幼校（中正預校前身之一）的入營誓詞，其中就有這麼一句「誓死捍衛國家」。

謝啟宇說，飛行的同學之中，超過十分之一殉職，「我很幸運，不需要以死來捍衛國家。」回首來時路，四十多年前，如果預知今天的軍人尊嚴竟然如此遭到踐踏，當時還會有豪情壯志投身軍旅，「誓死捍衛國家？」

身為幼子的謝啟宇離家那天，心想母親一定會送他出門。豈料母親竟然一直睡著，面朝牆壁，怎麼也喚不醒。多年後，謝啟宇做了父親，體會到「媽媽那時當然是醒著的，她不想讓我看到她流淚」。

軍公教在台北集會爭取尊嚴，僑胞在美國集會呼應。距離首都華盛頓不遠的巴爾的摩市「愛國群英會」會長白越珠女士在會上宣讀致蔡英文總統的公開信，強調這是「為了維護軍公教的尊嚴」；「被人家誣賴為米蟲，任何人都不能忍受」。謝啟宇說，政府不曉得把餅做大，只會找代罪羔羊，「即便你把我的薪資砍到了〇，台灣的年輕人還是一樣沒有出路，因為整個國家沒有辦法向上提升。」

這位退役空軍上校說，無知、無良、無恥、無能的政客把國家搞垮，「不思如何積極奮起把國家的經濟振興起來，卻為了自己的政治目的，把為國家犧牲貢獻一輩子的人鬥臭鬥垮」，何其悲哀！

在台海戰雲密布的年代，軍人最悲壯的名言之一是「我們必須去，但不一定回來」。今天情勢緩和，開始對他們凌遲，從洪仲丘、阿帕契、……、到今天的虐狗、年金等等，無休止的羞辱。台灣真是如此忘恩負義？

那張空著的椅子

Y / M / D
2017.05.30

星期一，我在美國一個偏遠的城市旅遊。這天清早，和家人在旅館的餐廳裡準備進早餐，遠遠看到吧台前坐著幾位客人，正在目不轉睛的看電視。

我和家人說，邊吃早餐邊看電視，對健康沒有什麼好處。孩子也說，用餐時看電視，剝奪了與家人談話的時間，不好。我們都很好奇，什麼節目這麼吸引人。抬頭看了一眼，我們都不講話了，而是和他們一樣，開始目不轉睛的看電視。

全國網的電視正在實況轉播在阿靈頓國家公墓舉行的紀念儀式。川普總統和參謀首長聯席會議主席鄧福德（Joseph Dunford）正在向無名英雄墓致獻花環。阿靈頓國家公墓在華府旁邊，只有一河之隔。

當時是美國東部時間上午十一時，我們旅遊的地點在西部，與美東有三小時的時差，是上午八時。

五月最後一個星期一是美國的國殤日，全國放假一天。

到了中午，我們在大峽谷附近一家連鎖速食店進午餐。店門口有一張手繪海報，寫著

「fallen, but not forgotten」（殞落了，但沒有遺忘）。走進店裡，生意興隆，顧客大排長龍，卻有一張餐桌空著。這張桌子前有把椅子，椅子也是空著的。桌上有個小花瓶，插著一朵紅色玫瑰花，還有一幅美國國旗，瓶上紮著黃絲帶。桌上燃著白色的蠟燭，還有一本聖經。桌上備妥了餐具，還有餐盤，餐盤上是摺疊成三角形的美國國旗。桌上還有一幅字，上面寫著「人為朋友捨命，人的愛心沒有比這個大的——《約翰福音》十五章十三節」。

這張桌子是紀念陣亡美軍將士，其中牽涉到一些美國文化。其一，黃絲帶代表著「望君歸來」，起源是風行數十年而不衰的歌曲〈Tie a Yellow Ribbon Round the Old Oak Tree〉（在老橡樹上繫上一條黃絲帶）。其二，美國覆蓋在陣亡將士靈柩上的國旗，在喪禮後摺疊為三角形，由家屬收藏。其三，店家說，紅色玫瑰花代表著家人那顆熾熱的心，永不衰殘的愛。其四，美國孩子從小每天在教室念誦《效忠誓詞》，其中有這麼一句：「上帝之下的國家」，所以桌上備有聖經，紀念為捍衛「上帝之下的國家」而犧牲的英靈。

想起在華府杜勒斯機場登機時，聽到航空公司一如既往，廣播「首先請現役軍人登機」。因為軍人時刻準備以自己的生命為代價來捍衛國家安全，理應得到最大的尊敬。他們隨時準備奉上的，不只是自己的生命，還有家人的幸福。種種人間至痛，無論是白髮人送黑髮人，無論是孤兒寡母，無論是孩子成長沒有父（母）親陪伴，都是軍人時刻承擔的風險。

看著餐廳裡那張空著的桌子，想起台灣一位老兵的故事，姑且名為「空著的椅子」吧。

說每年母親節，或是母親生日，或是過年，這位單身老兵總會在飯桌上多擺一副碗筷，備妥飯菜後，拉開椅子，說道「媽，開飯了！」。一九四九年隨軍來台，老兵再也沒有見過母親，他只能用這個方式表達孝思。

台灣的老兵，有多少「空著的椅子」這樣的故事，我不知道。我知道的是台灣的社會沒有以「空著的桌子」這樣的情懷表達對陣亡將士的追思，反倒以各樣方式汙衊軍人，何其悲哀！

台灣不尊敬自己的軍人，還不如美國人尊敬中華民國國軍呢！國殤日這天，全美各地舉行紀念活動，最大規模的是首都華盛頓的遊行。遊行隊伍來自全美各地，其中之一是「華府榮光會」組成的旗隊，會長李昌緒、副會長蔡德樑率領，僑胞閆文鼎開著自己的敞篷車作為前導禮車。「榮光會」舉著大幅的中華民國國旗及美國國旗，走過著名的「憲法大道」，接受夾道歡迎的民眾喝采。大會廣播說，這支隊伍代表中華民國台灣，「二次大戰期間，中華民國與美國是同盟國。」

雙十有什麼了不起？

Y / M / D
2017.10.11

雙十，台灣有人慶祝，有人咒詛；有人表面上不得不慶祝，心裡巴不得「超度」這個國家。殊不知，雙十國慶的意義極其重大，就好像法國大革命、美國的獨立戰爭、日本的明治維新等等，其影響既深且鉅。可惜國人往往輕忽了雙十的意涵，民進黨固然不願面對，即使國民黨也沒有足夠的體會——或許已經忘記。

辛亥革命締造民國，終結的不只是二百多年的滿清政府，更是二千多年的封建帝制，這是中國歷史上的何等大事。雙十締造的這個國家是五族共和的國家，也是全民平等、沒有階級鬥爭的國家，不但一舉超越了歷代的王朝興替，也建立了觀念先進的現代政體。辛亥革命僅僅一百五十天後，臨時國會通過了具有憲法性質的《中華民國臨時約法》，中國歷史上首次確立了「國家主權屬於國民全體」（約法第二條），也首次確立了「人民之身體，非依法律，不得逮捕、拘禁、審問、處罰」，還規定了「人民之家宅，非依法律，不得侵入或搜索」（俱見約法第六條）。再過十三個月，即民國二年四月八日，經由選舉產生的國會開議，這不僅是中華民國第一個正式國會，更是中國五千年歷史上第一次出現人民與執政當局分庭抗禮之體制，這又是何等大事！

所以，慶祝雙十不僅是慶祝中華民國的成立，更是慶祝中華民族的新生。儘管後來有袁氏竊國，有軍閥混戰，有共產黨分裂國家（在中華民國境內成立中華蘇維埃共和國），但並不能改變既有事實，那就是雙十開啟了中國歷史新頁。

如今大陸紀念雙十，只提「推翻滿清」，不提「締造民國」，免得人民重新思考「中華民國」代表的意涵。君不見今天中國大陸人民上網搜索「民國」一詞者，數目遠遠超過搜索「社會主義」者，這是有調查數字佐證的。大陸「民國憲政派」、「民國粉」不斷增加，反映了「民國熱」。在生活與科技中，「果粉」愈來愈多；而緬懷歷史、憧憬憲政之際，「國粉」愈來愈多。要不然，怎麼會勞駕《環球時報》發文稱「民國熱是病態」？

英國廣播公司（BBC）曾經報導，大陸民眾逐漸認識到民國的豐富和多元，知道那是思想活潑、大師輩出的年代。也認識到民國初期以及一九二八至一九三七年的「黃金十年」，中國經濟都曾高速增長，數十年後的「改革開放」的經濟奇蹟只不過是回歸歷史。愈來愈多人稱民國時期是個「民主、自由、而且崇尚知識的時代」。這一切美好的年代都始於一九一一年的雙十。

海外在二〇一四年成立了「光復民國（大陸）工作委員會」，致力於大陸轉型方略研究及推進大陸光復，其前身是歷史學者、政論家辛灝年創辦的「現代歷史研究所」。日前在這個機構的會議上，甫來自大陸的人士說，民國熱出現了「隔代親」，也就是很多八〇、九〇後的年輕人成為「民國粉」，他們沒有經歷過民國，卻經由理性思考而認同中華民國。在他們的認知中，中華民國政府領導抗戰；台灣保存了中華文明道統；台灣舉行了全民選舉；因此政權的正當性毫無疑問。

在台灣，民間今年懸掛國旗特別踴躍。其實在大陸，早就有人在雙十這天張貼起這面國旗，他們知道雙十在中國歷史、以至於世界史上的重大意義。

美國替代役是「鋼鐵英雄」

Y / M / D

2017.03.29

美國曾經實施替代役，但自從撤出越南後，美國不再徵兵，改採全募兵制，多年來已不再實施替代役。但是一般美國人對替代役的印象很深刻，尤其是服行替代役的大兵竟然獲得美國最崇高的「榮譽勳章」（Medal of Honor），成為美國人民耳熟能詳的壯烈史實。

替代役在美國有很長的歷史，原因之一是宗教信仰，因為基督教、天主教、猶太教都遵從《十誡》，其中一誡是「不可殺人」，所以有些人堅持不拿武器。對於這種人，美國政府同意讓他們服行替代役，包括一、醫療；二、教育及科研；三、環保及救災；四、社會服務，諸如各種收容機構、職業訓練、長期照護機構等；五、社區服務，諸如防災、公共建築維修、矯治機構、青少年感化機構等；六、農事。

歷來服行替代役最有名的是二次大戰時的戴斯蒙．道斯（Desmond Doss）。當時美國徵兵，他正在造船廠工作，產製軍艦，故不必進入軍隊，也算是一種替代役。但他基於愛國而主動從軍，惟因信仰而拒絕持槍。那個年代，他在軍中飽嘗譏諷，且受到霸凌，甚至美軍一度考慮勒令退伍，最後讓他擔任醫護兵。二戰末期最慘烈的「沖繩島」戰役中，他無槍無彈，在日軍的槍林彈雨下拯救了約一百位袍澤的性命。

好萊塢去年推出的電影《鋼鐵英雄》（*Hacksaw Ridge*，直譯為「鋼鋸嶺」）描寫的就是這段史實。有人懷疑劇情過於戲劇化，導演梅爾．吉布遜回答說，讀讀當年的戰報以及道斯的勳章證書就知道「真實的過程比電影更加慘烈」。

勳章證書記載道：有一天，美軍攻上高地，遭遇日軍的「大砲、迫擊砲、機關槍極為密集的射擊」，道斯非但拒絕尋求掩護，反而「不顧自身傷痛，不斷出入敵人砲火最為猛烈之區域，一次一個，把七十五位受傷的同袍全數搬運至安全區域。」

要知道，他當時不是拉著或抱起一位傷兵就能離開，而是要使用繩索把他們從高地一一降下，這使他長時間暴露在砲火下。勳章證書接著敘述了他的多次類似英勇事蹟。他曾在敵人的多枚手榴彈爆炸中搶救同袍；他曾在距離日軍只有八公尺處搶回傷兵；他多次背著、拖著、扶著傷兵，在敵人砲火下，行經一百至二百公尺，回到友軍陣地。

這樣的事蹟不知凡幾，以致日軍後來以坦克直接轟擊他。之後，他被日軍的手榴彈炸成重傷，才退下火線。戰後，美國總統杜魯門親自頒給他榮譽勳章，使他成為第一個獲得美國最高榮譽的替代役。他在晚年接受訪問時說，他當時不斷禱告：「主啊，讓我再多救一個人，再多救一個人……。」

有人覺得《鋼鐵英雄》是戰爭片，吉布遜則說這更像是「愛的故事」（love story）。

吉布遜記得他年輕時一部令人難忘的奧斯卡獲獎作品《愛的故事》（Love Story），那是影史上最感人的愛情故事之一，而道斯這位大兵的真實故事，吉布遜說，這印證了聖經上的話：「人為朋友捨命，人的愛心沒有比這個大的。」（《約翰福音》十五章十三節）

台灣的替代役出現所謂的鍋貼役、小七役、快遞役。台北某媒體高層說：「簡直是倒行逆施。」讀了美國替代役的故事，轉頭看看台灣的替代役，兩者有可比的嗎？

憶那群空軍大孩子

Y / M / D
2017.07.19

那一天傍晚，重慶沙坪壩的南開中學裡，高三的齊邦媛正在Ｋ書，學妹說操場有人等她。她到了操場，看到那位二十五歲的飛行員，穿著軍用雨衣。他說部隊調防，在重慶換機，特地趕來看看她，七時半以前要趕回機場。袍澤開著吉普車在校門口等他，沒熄火。

齊邦媛與他一道往校門走，突然下起大雨。他拉著她跑到校門口一棟建築，在屋簷下站住，把她攏進雨衣裡。她聽到他的心跳砰砰。然而，只持續了片刻，他鬆開手，要她趕快回宿舍，他必須走了。在雨中，她看著他小跑步到校門口，坐上吉甫車疾駛而去。

那是齊邦媛與張大飛最後一次見面。時為一九四三年四月，中國正在全民抗戰。

兩年後的六月，齊邦媛接到兄長來信，附了張大飛給齊邦媛的最後一封信。張大飛在五月間的豫南會戰壯烈殉國。六年前與張大飛一道考取航空學校的同伴，連他一共八個人，至此全部犧牲。

這是齊邦媛在名著《巨流河》中的自述。張大飛最後一封信寫道：「三天前，最後的好友沒有回航，我知道下一個就輪到我了。我禱告，我沉思，內心覺得平靜。」張大飛的遺願是在戰爭結束後做隨軍牧師。

中華文化總會出品的電影《沖天》提到張大飛，還提到與張大飛年紀相仿的龍城飛將——抗戰時的中華民國空軍。電影旁白說道：「這群大孩子比誰都接近死亡，因此不得不比誰都接近上帝。」

他們接近死亡？不，他們全都戰死：劉粹剛，二十四歲；閻海文，二十一歲；沈崇誨，二十六歲；陳懷民，二十三歲；林恒，二十五歲；周志開，二十四歲……

林恒是林徽因的弟弟。梁思成、林徽因夫婦在逃難途中結識了一群航校學生，他們的親人多數在淪陷區，夫婦倆因此成了他們的名譽家長，參加他們的畢業典禮。然而，他們成為飛行員，一個接一個為國犧牲，遺物一份接一份寄到梁、林手中。林徽因在病榻上寫了長詩《哭三弟恒》，「弟弟，我既完全明白，為何我還為著你哭？只因為你是個孩子，卻沒有留什麼給自己。」

勝利前一年，國軍血戰衡陽四十七天，林耀犧牲，得年三十二歲，梁、林失去了最後一位飛行員朋友。不，失去了最後一位飛行員弟弟——第九位。

電影第一個鏡頭是航校的勒石，上面刻著「我們的身體、飛機和炸彈，當與敵人兵艦陣地同歸於盡」。全世界沒有第二所航空學校會有這樣的標語。抗戰軍興，國軍飛機不到三百架，打掉一架就少一架；日本多達兩千架，並且源源不斷補充。飛機性能、飛行員的數量也是重大差距。中華民國空軍憑藉的，是畢業典禮橫幅寫的「風雲際會壯士飛，誓死報國不生還」。

湯卜生在《一個飛行員的自述》中寫道，飛行員的人生也有計畫，但卻是無法預期的，「我們如果有可以稱為計畫的東西，那大概就是為國犧牲吧！」因此，每個人都預立了遺囑。

航校有一期畢業了一百四十七個人，戰爭結束時，只有三位還健在。正如電影旁白所說，在與敵機空中纏鬥時，「他們不能掛念過去，不能思索未來，他們只有現在，只有當下。」他們斬斷了自己的未來，為的是讓他們所愛的人有未來。

《沖天》這部電影透過動畫、紀錄片、訪談，為歷史留下證言。電影中訪談了年已耄耋的當年飛行員，例如沈昌德，他在民國三十四年八月十四日從芷江起飛，是空軍在抗戰期間最後一次任務。這一天，日皇昭和在宮內錄製《終戰詔書》。電影也訪談了飛行員的後人，例如「空軍戰神」高志航的女兒高友良。很巧，沈昌德那次任務，距離高志航在筧橋擊落第一架日本軍機，正好八年，一天不差。

電影紀錄了一些很特殊的文物。例如有一封信，是陳懷民的妹妹陳難寫的。陳懷民與敵機對撞殉國後，陳難寫了這封信給敵機駕駛員高橋憲一的未婚妻美惠子，「想到妳的孤苦和妳此後殘缺的生涯，我恨不得立刻到貴國，親自見到妳……」。

還有一封信是張大飛寫給齊邦媛的。張擊落日機時，看到日機飛行員「一臉的驚恐」，「忘不了那墜下飛機中的飛行員的臉」。

林徽因的詩中寫道，她的弟弟們獻出了生命，也獻出了「將來還有的機會；可能的壯年工作；老年的智慧；可能的情愛，家庭，兒女，及那所有生的權利，喜悅；及生的糾紛！你們給的真多，都為了誰？」

一九三九年的「不列顛之役」，英國空軍前仆後繼，以空前的犧牲擋住了所向披靡的納粹德國。其中一場會戰，英國首相邱吉爾在第一線的指揮部，親身經歷空軍將士的有死無退，他驚異的幾分鐘講不出話。末了，他說道：「人類戰爭中，從來沒有這麼多人對這麼少人虧欠這麼多。」

《沖天》，是一部要用「心」看的電影。

美國憂心台灣軍人士氣

Y / M / D
2018.03.01

年金改革是台灣的內政議題，外國不能置喙。但是打著年金改革之名，行剝奪軍人退休金之實，引起重大爭議，如今竟然造成流血事件，那就可能衝擊美國的國家利益，恐怕美國不會坐視。

台灣的戰略位置以及台海兩岸間迴然不同的體制，使台灣成為對抗共產世界的第一線。儘管今天美國與中華民國之間已經沒有共同防禦條約，但美國持續對台軍售，國軍持續派員在美國深造，退役的美軍上將持續訪問台灣，互動之密切不下於有邦交的年代。這不僅是基於共同的價值觀，不僅是基於已逾八十年的合作情誼，更重要的是：維繫國軍的堅實戰力符合美國利益。

尤其面對所謂「中國崛起」，如何確保自由民主的台灣不會遭到專制王朝併吞，關鍵之一是台灣的國防力量。國軍精實壯大，就減少了美軍的壓力，也降低美軍與共軍對抗的風險。同時，有堅強的國軍作為後盾，中華民國政府就更有信心與北京打交道。

然而，無論美國出售多麼精良的武器，無論美國提供多麼堅定的保證，除非國軍有高昂的士氣，否則都是白搭。很不幸，目前的狀況恰恰是國軍士氣不斷遭到斲傷。

民進黨政府一方面違反信賴保護原則，片面剝奪退伍軍人原有權益；一方面採取惡鬥手段，「鬥倒你之前，先把你鬥臭」。明明是削減退休金，卻打著「年金改革」的旗號，把捍衛正當權益之人打成貪財之輩。民進黨的用意很明顯，退伍軍人當年是為了捍衛中華民國而從軍，與民進黨的理念不合，民進黨自然欲去之而後快，所以從汙衊著手，製造對立，攫取選舉利益。

蔡英文總統當然了解槍桿子的重要，所以上任以來努力拉攏軍心。然而民進黨政府對退伍軍人的凌辱，現役軍人看在眼裡，難免有「今天的你們，就是明天的我們」之感。

台灣的全募兵制嚴重受挫；基層幹部大量缺員；軍人出現搶退潮；年輕人從軍意願低落等等，緣由之一就是退伍軍人屢遭抹黑。試想，退伍軍人為了捍衛國家而奉獻青春，在任何國家都應得到至高的尊重，可是民進黨政府卻藉由種種政治口水踐踏他們的尊嚴。在這種亂流中，「從軍」對年輕人還能有多少吸引力？就算國軍擁有了最精良的武器，找得到足夠的人員操作嗎？就算有足夠的兵員，兩岸真要開啟戰端，他們有足夠的士氣，為民進黨送死嗎？

美國國家戰爭學院教授柯爾說過，台灣有些人整天就是想著「美軍多快可以趕到台灣」，總是問他，美軍從美國本土西岸趕來需時多久？從東岸的海軍基地諾福克趕來需時多久？從日本趕來需時多久？柯爾說，最讓他擔心的是我國軍戰鬥意志不足，不少人認定美國一定出兵保台，而且認定美軍「不是兩星期、一星期，而是明天上午九點就到」。

當退伍軍人得不到應有的尊重時，期待現役軍人有高昂士氣，未免癡人說夢。一個致力且擅長汙衊退伍軍人的政府，期待現役軍人為她出生入死，根本是緣木求魚。這樣的政府會產生怎樣的軍隊，令人不敢想像。難道只能等著美軍救援？難怪「漢光」演習總免不了的課目是「元首出逃」。這樣的國家，美國能不擔心嗎？

出走海外，重拾自信

Y / M / D
2018.05.24

新聞報導稱愈來愈多年輕人選擇離開台灣，前往其他地區就學或就業。不禁想起一件事。謂部隊集合，點名完畢，準備晨跑。只見值星官中氣十足的說，「等一下，兩件事宣布！」官兵屏氣凝神，靜聽值星官說：「第一件，有沒有身體不舒服的？不必跑，立刻出列，到旁邊休息。第二件，跑步過程中，如果覺得不舒服，不必舉手，不必報告，可以立刻出列，到旁邊休息。」值星官接著大聲問，「聽清楚了沒有？」眾官兵齊聲回答：「聽清楚了！」準備開跑。

只聽得值星官又大聲說道：「兩件事宣布！」這回又是什麼？值星官說：「第一件，身體不舒服的，不必跑，立刻出列。第二件，跑步過程中，如果覺得不舒服……」。值星官再次問道：「聽清楚了沒有？」

官兵準備開跑了。可是值星官又開口了：「兩件事宣布！」已經說了兩遍的事，居然要第三度說明，還要確認官兵聽清楚了，然後才率部隊開跑。

洪仲丘事件後，社會非理性的氛圍驟起，不少部隊長如驚弓之鳥，唯恐發生狀況，乃有

「兩件事宣布」之類的舉措。只是，同樣的事，為什麼非要連講三次不可？答案是「萬一出事，有人可能推諉說沒聽清楚，到頭來仍是長官麻煩」，所以只得不厭其煩的再三說明。

這是國軍某單位的故事，陸軍朋友告訴我的。至於海軍，是另一個故事，謂官兵登艦後，基於保密，個人手機都須上繳，統一保管，離艦時發回。不過在上繳手機之前，艦上長官必須把軍艦的電話號碼告訴全體官兵，要官兵轉告家人，便於家人打電話到艦上詢問。一位今已退伍的艦長說，官兵的家人「有權隨時打電話到艦上」，詢問子弟的狀況，而且「可以指明要艦長親自接聽」。

還好這位艦長領導的是拉法葉艦，全艦官兵一百七十六員。如果是航空母艦，全艦官兵五、六千人，只要有十分之一的官兵家人打電話給艦長，艦長還要不要過日子？

聽我轉述後，一位美國「鷹」級童子軍說，難道國軍的訓練還不如美國的童子軍？也不如美國中學的田徑隊？

台灣的怪現象愈來愈多，這只是其中一、二。如果台海無波，倒也罷了，偏偏有人時時以挑撥兩岸情勢為能事，卻又處處扭曲國軍的基本價值觀，結果是：將難以御兵，兵難以服將，鋼鐵勁旅早已不復。

這其實只是台灣各種亂象的縮影。執政者的眼光只及於下次選舉的勝負，而非下一代的福祉；心態只在於讓反對黨永無翻身之日，而非國家長治久安之道。這樣的國家前景如何，可想而知！

在成功嶺大專學生集訓的年代，最後一項課目是行軍，全副武裝，早餐後出發，由成功嶺走到東海大學，下午再走回成功嶺。為防萬一，有救護車隨行。午餐時，擴音器傳來，「○○單位請注意，你們的一位學生在救護車上休息，請你們把他的午餐送到車上來。」頓時部隊傳來一陣笑聲，那個笑聲究竟代表什麼，不好解釋，但沒有人否認那段廣播是提振士氣的最佳良方。頂著鋼盔，背著步槍，在攝氏三十多度的高溫下，經歷人生難忘的一段。那不但是奮發淬厲，更是自我肯定。

可惜，今天台灣的年輕人很多已經無緣親歷。愈來愈多年輕人出走海外，迎接挑戰，或許正是重拾自信、重建價值觀的起點。

當外長羞辱國軍時

Y / M / D
2018.08.02

做過馬英九總統發言人的陳以信博士在華府演說，舉證歷歷，深談兩岸關係。在場有九〇後的，也有六〇前的，他們對兩岸議題的看法有不少歧異，但是當陳以信談到「近乎親身經歷」時，在座諸君的感受相去不遠，都有些沉重。

陳以信指的是他們同學的共同經歷。他在一九九一年進大學，後來轉學，所以晚一年畢業。他那些同學在一九九五年步出校園，正好趕上九五、九六年的台海飛彈危機。這些同學在宜蘭的金六結營區接受新兵訓練，三分之一抽中「金馬獎」，結訓就前往第一線戍守。在情勢緊張時，「全副武裝，步槍上刺刀，子彈推上膛，最重要的，胸前放著遺書。」聽同學敘述那段時光，自己覺得很震撼，想到「意映卿卿如唔……」陳以信說，「怎麼到了今天還有黃花崗的情節？」

陳以信的同學是二兵，少數是預官少尉，是戰鬥的骨幹；曾擔任過陸軍總司令的邱國正，是戰略層級的指揮官。他們的階級相差極大，但責任是相同的：捍衛國土；信念是相同的：予侵略者迎頭痛擊。

不過，事隔二十年，陳的二兵同學或邱上將如果今天重回戰地，再寫一次遺書，仍有當年的氣慨嗎？當他們處於一個愈來愈荒謬的國家，一個對軍人極盡羞辱的國家，仍然有「我死則國生」的壯志？仍然有林覺民「吾充吾愛汝之心，助天下人愛其所愛，所以敢先汝而死，不顧汝也」的豪情？

年金改革橫柴入灶，令退伍軍人尊嚴掃地，他們之中很多尚未除役，萬一國家發生戰事，還是需要他們上戰場。今天國家任令各界對他們百般辱罵，明天卻要他們為國家赴湯蹈火，全世界還有這麼荒謬的國家嗎？

有的，這個國家羞辱了退伍軍人之後，進而羞辱現役軍人，外交部長竟然昭告全球，說如果沒有美國幫忙，這些現役軍人保不住台灣。請問，既然我們的軍人保不住台灣，還要軍人幹嘛？何不乾脆請外籍傭兵？治安交給保全，長照交給外勞，軍事交給傭兵。風雨之聲不入耳，國家大事不關心，蒼生皆做宅男宅女可也。

現役軍人遭到如此羞辱，卻不見政府出面為軍人說句公道話。榮譽是軍人的第二生命，美國授與軍人的最高獎勵就叫做「榮譽勳章」，由總統親頒。身為軍人，遭指責保不住國土，還有比這個更大的侮辱嗎？但政府竟任由這樣的侮辱橫加於軍人，不置一詞。

外交部長對國軍缺乏信心，不知道國防部長對外交官有多少信心？如果有一天，國防部長告訴外媒，「台灣的邦交國很不穩，兩年內可能掉到個位數，」外交部長將何以自處？

莫忘慰安婦，華府僑界很積極

Y / M / D
2018.09.16

這部電影開拍時，片名為《三十二》，主軸是三十二位婦女的悲慘經歷；殺青時，片名改為《二十二》，因為在攝製的兩年中，十位過世。周六，這部電影在華府上映，主其事的「亞太二戰浩劫紀念會」會長陳壯飛博士說，如今只有六位還在世。

這部紀錄片主題是二次大戰期間被日軍強徵的性奴（日本當局美其名為「慰安婦」）。台海兩岸旅居華府的僑胞洽租 Avalon 電影院，免費招待各界。

電影伊始，是山西盂縣的一處喪禮。寒冬中，家人、鄉民向老奶奶致以最後的禮敬。盂縣之外，在中國抗戰期間的淪陷區，還有台灣、韓國、印尼等地，許多婦女和老奶奶一樣，經歷過慰安婦那場人間煉獄。

導演郭柯帶著工作人員走訪各地。她們最年輕的也都八十好幾了，由於飽受摧殘，幾乎都無法生育，只能仰賴政府及善心人士協助度過晚年。但是在鏡頭前，她們沒有怨天尤人，沒有控訴命運。只是，孤零零的身影，蹣跚的步伐，偶爾幾句輕描淡寫當年的遭遇，讓觀眾內心不斷問道：這麼些年，她們是怎麼過來的。

每當老奶奶哽咽的說「不說了，不說了」，「我不想講了」，畫面就開始出現一些空境，節奏變得更加緩慢，似是告訴觀眾，老奶奶的一生，在青春少女那一刻彷彿就停格了。

林覺民的《與妻訣別書》中「遙聞汝哭聲，當哭相和也」。一位僑胞表示，想到這兩句，讓他遲疑了好久才進場觀看。可是看過之後發現，片中沒有大哭，沒有啜泣，卻從平淡中彷彿告訴觀眾，她們的苦難不是淚水可以洗滌的。一位老奶奶緩緩的述說母親的死：就在她眼前，「鬼子綑綁她的手腳，丟進河裡……」。這樣的人間至痛，你要她用怎樣的心緒表達？

在台灣受過完整教育的陳壯飛說，電影院的租金原來是四位數，但院方得知播映性質後，把價格降為三位數。而郭柯導演與負責發行的四川光影深處文化傳播有限公司也全力配合，且毫不取利。

協辦單位很多：美京華人活動中心、華盛頓諾亞中心、家園成人日間護理中心、東北同鄉會、榮光聯誼會、山東同鄉會、北京大學校友會等。美京華人活動中心會長李志翔說，希望能有更多年輕世代經由這部紀錄片正確認識歷史，更加關懷飽受凌虐的老奶奶們。家園成人日間護理中心主任何曉慧說，這一代沒有經歷過戰爭，可是誰都不應該遺忘歷史，尤其不能遺忘經歷苦難的那些老人家。

大華府亞太二戰浩劫紀念會理事謝啟宇說，在台灣，日本人踢踹慰安婦塑像，執政當局卻不加聞問；在華府，僑胞格外覺得責任重大。這位退伍空軍上校說，日本人到台灣侵門踏戶，之所以敢如此囂張，「是因為他認為台灣今天的執政黨會縱容他們，是站在他們那一邊，而不是站在台灣人民這一邊。」

南韓拍攝過慰安婦電影，片名是《鬼鄉》，這兩個字說明了她們的遭遇。有一本英文著作，描述二戰期間英軍在金瓜石戰俘營的悲慘遭遇。書中有這麼一段：戰後，昔日戰俘的孩子問父親，「真有地獄嗎？地獄是什麼樣子？」父親回答說，「孩子，相信我，我已經去過。」

《二十二》影片結尾回到盂縣，黃土夾雜白雪，覆蓋在入土的棺木上。下一個鏡頭，冬去春來，大地一片翠綠。

一位老奶奶說，她不希望有來生。經歷如此苦難，她不期待來生，外人完全可以理解。但如果有人向她保證，來生是平安的，是喜樂的，而且是永恆的，她不會改變主意？此刻最重要的，也許是如何讓她們確信有這樣的福音。

上圖：空軍「雷虎小組」AT-3 訓練機失事，飛行員莊倍源不幸殉職。（中時資料照，本書作者提供）

左圖：訓練時墜毀，高鼎程父親說「兒子從小夢想開飛機」，婚紗照也穿飛官制服入鏡。（取自中時電子報，黎薇翻攝，本書作者提供）

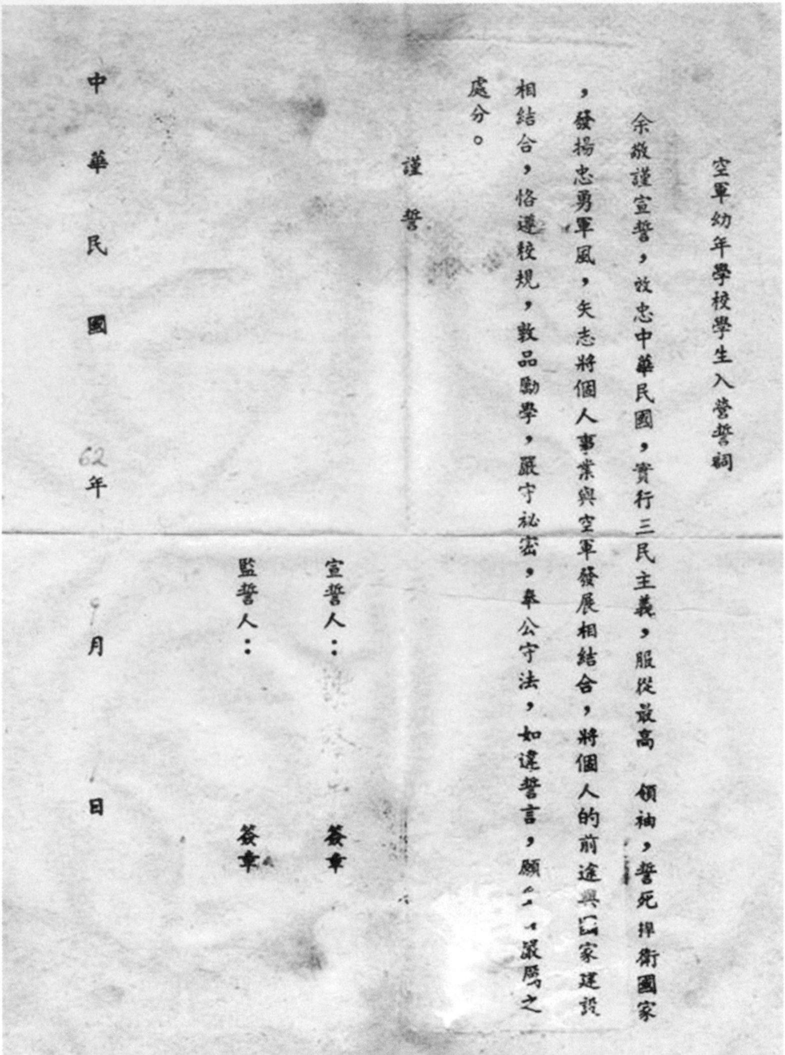

空軍幼年學校學生入營誓詞

余敬謹宣誓，效忠中華民國，實行三民主義，服從最高　領袖，誓死捍衛國家，發揚忠勇軍風，矢志將個人事業與空軍發展相結合，將個人的前途與國家建設相結合，恪遵校規，敦品勵學，嚴守祕密，奉公守法，如違誓言，願受最嚴厲之處分。

謹誓

宣誓人：　　簽章

監誓人：　　簽章

中華民國 62 年 9 月 1 日

空軍幼校的入營誓詞，其中有這麼一句：「誓死捍衛國家」。（退役空軍上校謝啟宇提供）

左圖：紀念陣亡將士，餐廳門口的手繪海報寫著「殞落了，但沒有遺忘」。（劉屏攝）

下圖：餐廳一張空著的桌子，紀念在戰場上犧牲的美軍。（劉屏攝）

第六部

住院手札

這几天的確会到這一所
的家 主可許服风雪至少
至上明分支 只是前因所尽力.

我签好

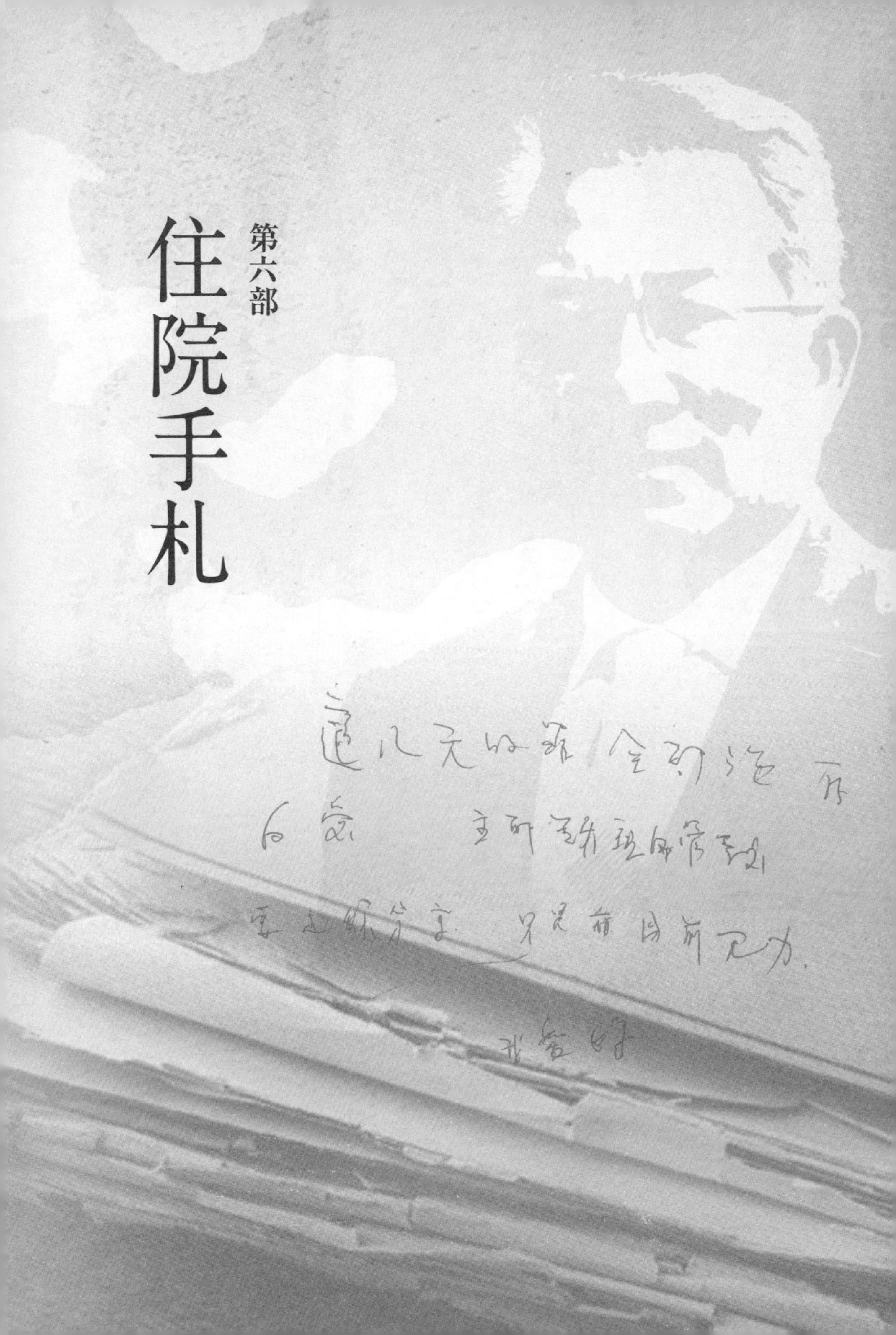

住院第一晚

上午王醫師來電，第一句話就是：「太太在家嗎？」我知道情況不妙。醫生接著說，已經幫我掛了急診，要我儘快去約翰．霍普金斯大學（以下簡稱約大）醫院。

昨天做了骨髓穿刺，以確定是否為血癌，或哪一型血癌。原本王醫師打算明天告訴我檢驗結果，但她發現情況很糟，事不宜遲，所以立刻安排我前往癌症中心治療。

我患的是ＡＰＬ，是急性骨髓性白血病（Acute Myeloid Leukemia, AML）的一種，這個Ｐ是Pre-myeloid，是前期。ＡＭＬ有好幾種，整體ＡＭＬ的五年存活率為百分之二十七點四，平均不超過六十八歲就息了世上的勞苦。至於我這種ＡＰＬ，美國醫生說治癒率超過九成。感謝主！

王醫生說，患了血癌，醫生最希望的是這種，因為「藥下去之後，效果特別明顯」。感謝主！不一會兒，約大醫院一位醫生來電，要我改到另一間醫院掛急診，同屬約大醫院系統，因為另一間距離我家近得多。車程從近一小時縮短為十五分鐘。感謝主！

中午進了急診室，醫護人員已經等待中。做了些檢驗後，轉入病房，準備明天開始化療。醫生說，血小板、白血球還穩定，不必擔心。我的白血球數量四百多，屬危險值，不及正常最低值的十分之一。有的醫生說要住院一至兩星期，也有的醫生說要住院一個月。不管多久，都在上帝手裡。謝謝你們的關心、祈求、代禱。還有那願意幫忙做飯的，我真不知如何表達謝意。此時我的抵抗力很差，醫護人員進病房時都須戴口罩。很多東西我都不能吃，包括水果、生菜沙拉，以避免感染。連鮮花都不能拿進來。所以不要來探病。我和家人誠摯感謝你們的好意，上帝也知道你們的心思意念，祂必報償。

化療後的日子大概不好過，我已經停下各種工作。如果有點力氣，要努力做以前沒做過的一件工作，求上帝憐憫、開恩。做什麼工作？待有點進展再向各位報告，此時不敢說大話。在病房裡，至少還有一件事可做，就是為你們禱告，願您和您一家人都接受耶穌基督作為救主。如果您已經是基督徒，我為您祈禱，盼望您和我都成為福音的管道。

今晚要好睡，以迎接明天的挑戰。想起一首聖詩的歌詞，「安穩在耶穌手中，安穩在主懷裡。」

劉屏　敬上

二〇一九年四月三十日，星期二，住院第一天

附記，昨天骨髓穿刺，醫生說我可以一直和她說話，這樣我比較輕鬆，她也比較輕鬆。於是我講了笑話，也講了哀戚的故事，可都是真事。事後把故事說給麗芳（穿刺時，她不能在場）聽，麗芳說何不寫出來。

你只能活七天

今天才知道，為什麼醫生急著幫我轉診，而且幫我掛急診，就差沒有安排救護車接送。原來我這個病堪稱惡性重大，如果是在若干年前，平均剩下不到七天可活。難怪護理師不時到病房來量我的生命跡象，包括體溫、心跳、血壓、含氧量等。連半夜到黎明也要一量再量。

今天見了主治醫師，她說最好再等一天，看看更詳盡的骨髓穿刺報告（正式的書面報告明天出爐）。所以今天沒有化療，可能明天開始。

昨天給您報告的不盡正確。沒錯，我患的是一種急性骨髓性白血病，但更確切地說，是Acute Promyelocytic Leukemia，縮寫是ＡＰＬ，中文是「急性早幼粒細胞白血病」，是ＡＭＬ的一種亞型。醫生給了我一些資料，都是英文的。中文有關ＡＰＬ的資料，我沒有找到多少。所以我試著翻譯一些重點如下。其來源有文字的，也有醫師口頭及在白板上說明的。

ＡＰＬ的成因是第十五及第十七對染色體易位，導致基因異常、突變，累積了大量未成熟的早幼粒細胞，妨害了正常細胞發育。就好像院子裡雜草叢生，好草的空間就被壓縮了。像不像耶穌說的「麥子與稗子」的比喻？

這個病在一九五七年由挪威及法國醫生發現，當時致死率極高，存活天數的中位數不到一星期。所幸數十年後，情況出現天翻地覆的變化，有一個研究顯示十年存活率在百分之八十到百分之九十之間。所以如果意譯，或可說「不治，死得快；快治，應能好」。化療之後，病情可望緩解；但仍需繼續進行兩年的維持性化療，否則仍可能有百分之二十七的復發機率。

昨天，第一天，即開始服用各種藥品，並二十四小時掛點滴。為檢驗所需，兩天挨了不少針。今天有一針打在上臂內側靠近腋下之處，嚴格說來是個小手術，作用是安裝「周邊置入中心靜脈導管」，Peripherally inserted central catheter，簡稱ＰＩＣＣ。它是一種人工血管，長約五十至六十公分，一端在體外，一端進入體內，所以安裝時要照胸部X光，以確定人工血管位置正確。它很柔軟，有彈性，要留在體內一段時間，以注射藥物或輸血之用。這個小手術之後，手臂感覺輕微酸痛，傷口處有些滲血，但都屬正常，狀況幾天後就會消失。

有些朋友來電或以其他方式問候，麗芳及我衷心感謝。只是時間有時不湊巧，例如剛好去照心電圖，或者接受各種檢驗，所以未能與您說上話，不好意思。

聖經《雅各書》第五章第十六節：「所以你們要彼此認罪，互相代求，使你們可以得醫治。義人祈禱所發的力量是大有功效的。」感謝上帝，也感謝弟兄姊妹！

劉屏　敬上

二〇一九年五月一日，星期三，住院第二天

今天開始服用砒霜

男主角端起茶杯，正要一飲而盡，突然女主角喝道：「慢著！」只見女主角從髮髻上拔下一根銀簪，朝茶裡一沾，銀簪慢慢發黑。果然有人下毒！這個毒就是砒霜，人類使用最久遠的毒物之一。小說《金瓶梅》裡，潘金蓮毒死夫婿武大郎，用的就是砒霜。光緒皇帝之死，根據中國大陸前幾年的考證，也是因為砒霜。拿破崙之死，考據之一說死於砷中毒，砷，正是砒霜成分之一。

我卻從今天起開始注射砒霜。古人因砒霜而死，我卻因為砒霜才得以活下去——如果上帝許可。關鍵是劑量多寡。今早，醫師說下午開始輸 Arsenic trioxide。昨天安裝的「周邊置入中心靜脈導管」就是為此。

Arsenic trioxide，學名叫「三氧化二砷」，俗稱就是砒霜。分子式是 As_2O_3。

很古老的時候，中外各國就已使用各種不同劑量的砒霜治療某些疾病。不到二十年前，美國批准使用砒霜治療「急性早幼粒細胞白血病」。

一九七〇年代，哈爾濱醫科大學成功以砒霜治療「急性早幼粒細胞白血病」，可惜當時正值文化大革命，中國大陸又處於閉關鎖國階段，以致此一成效未能廣受重視。國內都只有東北某些地方應用，國外更是毫無聽聞，不然也許能挽救更多寶貴生命。

今天凌晨四時許，護理師檢測生命數據，發現我有些發燒，這是我這型白血病的病徵之一，醫護人員不敢大意，立刻進行抽血等檢測，並且推我去照X光。

生平第一次坐在輪椅上，工作人員推我走過長長的走道，七拐八彎，搭電梯從五樓到地下室，再經過長長的走道，到了X光檢驗室。照過了，再推我回來。這段路，過去兩天，我躺在病床上已經走了好幾次，但在這個時段走過，還是第一次。處處空無一人，很寧靜，很安詳。會不會感到有些孤單？想起媽媽常說的，有耶穌在，不會孤單。

醫院的女牧師來探訪，引用聖經《以賽亞書》的經文安慰我，也勉勵我，還留下一些閱讀材料。正好二嫂也傳來《以賽亞書》第四十三章的經文：

1.雅各啊，創造你的耶和華；以色列啊，歷代造成你的那位；現在如此說：你不要害怕！因為我救贖了你。我曾提你的名召你，你是屬我的。

2.你從水中經過，我必與你同在；你蹚過江河，水必不漫過你；你從火中行過，必不被燒，火焰也不著在你身上。

3.因為我是耶和華——你的神，是以色列的聖者——你的救主……

願上帝賜福您和您一家。

附註：古時製砒霜，無法把硫去淨，所以銀飾品遇到砒霜會形成氧化銀，出現黑色。今天的砒霜不再含硫，所以用銀是驗不出來的。

劉屏　敬上

二〇一九年五月二日，星期四，住院第三天

年輕女性來探望

住在類似隔離病房裡，不宜接待訪客，以避免感染。但是今天不同，來了一位年輕漂亮女性，麗芳我都好高興她來。您一定已經猜到了，她是我女兒，在外地念研究所，剛考完期末考。一得知爸爸生病，她就告訴媽媽說她過去兩年做事攢了ＸＸ元，可以拿來給爸爸治病。她一直奉獻時間和金錢給教會和慈善團體，如今又主動表示願意幫家裡的忙。有女如此，夫復何求！雖然我此時不能和她抱抱，以避免感染。

我的兄長、兄弟（註一），早說了不但全力在財務上支援，也隨時準備骨髓移植。姊姊來信寫道：「……親愛的弟弟，我在醫院時，你來看我，給我支持與鼓勵，讓我和志炫不孤單，現在我們不能陪在你身邊，只能求主加給你力量，與病魔做殊死戰！主已經戰勝了死魔，我們跟著他也要得勝！謝謝二嫂給我們資訊。加油！爭戰得勝！」手足親情如此，夫復何求！

同學、同業、朋友、工作單位的長官、同事，有的來電，有的透過其他聯繫方式，紛紛表達問候與祝福，並願意提供各種協助，例如有人問我的口味，要做飯送來……，友情溫馨如此，夫復何求！

每封來信都令我及家人感到無比溫暖，只是必須向您稟明，目前實在無法一一覆信，只好一信多寄，表達無上的謝意，相信能夠獲得您的理解與諒解。您收到我的信，未必要回信，更不宜來探望。我確知您的關心與祝福，上帝也紀念您的代禱。

我此刻多項指數不正常，有的已是紅線，甚至是危險值，必須口服及化療同時進行，且另外服用多種藥物。二十四小時掛著點滴，不定什麼時候又接受注射。醫護人員不斷出入病房，有時是治療，有時是檢測（即使是半夜也至少二次），有時是取排泄物以化驗。

病房在大樓獨立一區；門外、門裡，都準備了大量手套、口罩；一進門就是洗手枱，備有大量乾紙巾；此外還有潔手液。所以醫護人員進入我的病房，彷彿如臨大敵。其實這些措施不是保護他（她）們，因為我的病不會傳染；而是保護我，因為我的白血球等指數實在低得可怕，很容易感染。一位醫生說，她行醫多年，不曾見過這麼低的白血球指數。二哥和麗芳都說，帶著這麼低的指數，從台灣搭機飛華府，全程花了二十五小時，長時間在密閉空間裡，竟然沒有生病！感謝上帝！（註二）

昨天凌晨發燒，服藥後已恢復正常，原因是肺炎，可能是白血病引起。白血病的症狀之一是發燒，只是我在此之前一直沒有任何症狀。化療的副作用開始出現，並不意外，都是事前知道的風險。理論上，這些風險都是可承受的，只是一旦實際出現，難免帶來若干不適、不便，還好目前都能應付。

凡事都在上帝手裡，不必憂慮。聖經《哥林多前書》第十章第十三節：「你們所遇見的試探，無非是人所能受的。神是信實的，必不叫你們受試探過於所能受的；在受試探的時候，總要給你們開一條出路，叫你們能忍受得住。」（註三）

我念小學時，二哥是主日學老師，教我們一首歌，是根據聖經《詩篇》第一百二十一篇寫的。記憶中，歌詞如下：「我要向山舉目；我的幫助從何而來？我的幫助，我的幫助，從造天地的耶和華而來。他必不叫你的腳搖動；保護你的必不打盹，必不打盹！」認識從不打盹的真神，堅信統管萬有的活神，立定志向、一生追隨公義慈愛的父神，夫復何求！

註一：兄長，指的是自己的哥哥；兄弟，指的是自己的弟弟；兩者有明確區別。至於「弟兄」，則是不分長幼皆可互稱。

註二：麗芳今天向朋友轉述醫師的話，說我白血球低到這個數值，反倒對治療有利云云。究竟怎麼回事，明天向您詳加報告。

註三：在新約聖經原文（希臘文）裡，「試探」與「試煉」是同一個字。

劉屏　敬上

二〇一九年五月三日，星期五，住院第四天

習近平與巫敏生

今天是五月四號，中國大陸在一九四九年建政後訂為青年節。就像國家主席習近平前幾天在「五四」百年紀念所說的，五四運動對中國共產黨的成立、發展、茁壯是有好處的。前駐美代表沈呂巡大使說過，他在賓州大學攻讀博士學位時，一位名師很鄭重地問他，在中國現代史上，影響最深遠的事情是哪一件？那位歷史學家自己的答案是「五四」。

在台灣，青年節是三月廿九日。這是國民政府在大陸時訂的，紀念廣州起義而犧牲、後葬於黃花崗的七十二烈士。

習近平的「五四」百年談話，把「老人贍養」讀成「老人瞻仰」，又把「迸發」讀成「併發」，受到議論。尤其我這個正在患病之人，聽到「併發」，立即想到的是「併發症」。習的論述、別字，在此都不論。我從大陸的青年節，想到台灣的「七十二烈士」，還好，他們最終沒有進忠烈祠，而是上了英雄榜。

台灣在一九九〇年代開創全民健保時，有七十三位工作人員，從不同機關延聘、徵調而來。其中一位是巫敏生。他後來告訴我，如果全民健保開辦失敗，領軍的葉金川是政務官，「我們其他七十二人不就是台灣版的黃花崗七十二烈士」。巫先生本來服務於中央信託局，之所以把他找來參與開辦全民健保，是看重他的金融財務專長。沒想到他的溝通能力特強，於是改請他負責疑難解答，到各媒體直接與閱聽大眾溝通，中廣新聞網是他固定去的地方，甚至春節特別節目也請他為民眾解惑。我那時在中廣服務，與他有些接觸。

那時中廣新聞網有一個小單元，好像叫做「感恩的心」。來賓參加別的節目時，順便錄製一集，不超過五分鐘。通常來賓都是感謝人，例如父母、配偶、師長等等。我們請巫先生錄製，他問：「我可以感謝某一個機關嗎？」「當然可以。」他感謝的是他服務多年的中央信託局。

巫敏生在大學畢業後，參加多個公民營機構招考，筆試幾乎都是第一名，但一到口試、面試，就被刷下來了。幾十個單位，沒有一個例外，直到中央信託局錄用了他。為什麼面試總是處處碰壁？因為他有一隻手是殘障。這個殘障的由來，當時一下子把我帶回到數十年前的可怕記憶。但不是今天的主題，改日有機會再談。

在中央信託局，他發揮長才，學以致用，受到各方尊重。開辦健保，他的親切態度，他對相關法規的熟悉，他勇於面對問題，為中華民國成功建立全民健保立下汗馬功勞。當時健保的原則是：小病去小醫院，大病再轉診大醫院。小病掛號費比較便宜，大醫院掛號費比較貴。這樣做是避免浪費資源。有一回，電話那端一位聽友很生氣地問：「有錢人鈔票多，直接去大醫院；我們小老百姓沒有錢，就只能先去小醫院看喔？」發音間裡，巫敏生不疾不徐地回答說，「朋友，這就好像搭飛機出國，有人坐頭等艙、商務艙，我們大部分的人都坐經濟艙，但也都坐上飛機，都在同一時間抵達目的地，比他們花的錢少很多，卻同樣完成旅程，不也很好嗎？」我當時坐在他旁邊，佩服的五體投地。

我後來出國，疏於和巫先生聯繫，但總忘不了他盡心竭力解答疑問的專業態度，更忘不了他從不因為殘障而有任何氣餒。他以他的「敏」，不但締造了充實的一「生」，更造福了台灣二千萬人的民「生」。台灣的健保，舉世稱道，美國國會後來特別把葉金川請去出席聽證會，希望吸取台灣經驗。現在我在美國住院，想到台灣的全民健保，更想到巫敏生等那七十二人追隨葉金川披荊斬棘。他們沒有成為黃花崗烈士，是中華民國的福氣。巫先生應該早已退休了吧，我為他和他的家人祈禱，希望以他的「敏」，不但有著令人感念的今「生」，更能認識耶穌基督，得享永「生」。

今天是我住院的第五天，化療的副作用繼續出現。最明顯的有三，一是連續腹瀉，二是難以入眠，三是體重暴增幾達五公斤。腹瀉一事，說來難堪，不提也罷，所幸今天顯著好轉，感謝上帝！失眠一事，不怕，母親大人早就說過，睡不著，感恩禱告，屢試不爽，我照辦，有信心！至於體重，有幾個可能的原因，第一，我過去每天快步走一萬步，這幾天二十四小時掛著點滴，無法快走；治療與檢驗之多，也無暇行走；第二，醫院伙食不錯，可自行選配，我總是胃口很好；第三，有的藥物會造成體重上漲，醫師已開始調整，所以也不必太擔心。

我昨天預告，今天要說明我的白血球偏低此刻是好事。因為我接受的化療，副作用之一是可能導致白血球升高，萬一過度升高，反倒不好。可是我現在的白血球數值過低，巴不得它快快升高。白血球正常值的最低標準是四千五百，我最低一刻只有二百四十，今天已回升到五百三十。看吧！上帝自有安排。未來會不會出現其他副作用，我相信上帝有祂的旨意。聖經《以賽亞書》第五十五章八至九：耶和華說：「我的意念非同你們的意念，我的道路非同你們的道路。天怎樣高過地，照樣，我的道路高過你們的道路，我的意念高過你們的意念。」

耶穌基督已經勝過死亡，使我們有永生的盼望，有永生的確據。我們還有什麼好害怕的？

劉屏　敬上

二〇一九年五月四日，星期六，住院第五天

星期日的網路禮拜

麗芳加班，女兒陪我透過網路收看禮拜，講員的主題是聖經《詩篇》第二十三篇：

耶和華是我的牧者，我必不至缺乏。
祂使我躺臥在青草地上，領我在可安歇的水邊。
祂使我的靈魂甦醒，為自己的名引導我走義路。
我雖然行過死蔭的幽谷，也不怕遭害，
因為你與我同在；你的杖，你的竿，都安慰我。
在我敵人面前你為我擺設筵席，
你用油膏了我的頭，使我的福杯滿溢。
我一生一世必有恩惠、慈愛隨著我。

我且要住在耶和華的殿中，直到永遠。

二〇一九年五月五日，星期日，住院第六天

劉屏　敬上

劉屏報告

白血球數量今天上升到標準值，五千七百多。感謝上帝。白血球的最低標準值是四千五。血小板仍處於紅線，所以身上有些瘀青，也有些凝結欠佳的略大紅點等，鼻孔深處則輕微流血。紅血球數值同樣欠佳。不過看來都沒有繼續惡化。體重繼續上升，比一星期前住院時增加了將近二十磅，即將近十公斤。

雙腳、雙腿浮腫加劇，現在雙臂也出現浮腫。左小腿骨出現一處水泡，「規模」約莫是大拇手指。不禁問道，如果繼續這樣浮腫，大風一吹，不就飛起來了？繼而一想，體重增加了那麼多，又怎麼飛得起來？所以不擔心。

還有其他大大小小的症狀或副作用，例如唇乾、打嗝、頭部偶爾有點緊、頻尿等。打嗝有時很嚴重，竟然無法講完一句話，用了各種方子都未必奏效，還好有時自然消了。例如此刻寫信，無嗝可打，感恩吧！

以上純為記錄，並非抱怨。因為，

一、安穩在耶穌手中。

二、這些症狀及副作用都在預期之中，到目前為止，我算好的。且聽我道來，我正在服用的藥物很多，其中一種主要藥物全部副作用就有四十餘種（當然不是每個人都會遇到全部副作用），這還只是一種藥物呢。

三、心電圖檢驗正常，血壓正常，呼吸正常，心跳正常，含氧量正常。很重要的，我情緒正常。（副作用之一是憂鬱。）

四、朋友熱情令人感動，有人要探望，有人要問候，有人要送飲食等等。只是如前所述，「不宜」，只能忤逆大家的好意了。之前的書信提到過，不過有些朋友較晚加入收信行列，所以我再略述如下。

罹患血癌最怕感染。「感染」者也，計有兩部分，第一，我的抵抗力很差，擔心遭到外界感染。第二，我正在接受「以毒攻毒」療法，其他人如果不慎，可能遭到毒物感染。所以治療時，醫護人員身穿防護衣，頭戴防護帽，罩著防護鏡，有點像是面對核設施。

總結起來：「我怕別人，別人怕我。」我希望我趕快好起來，「我為人人，人人為我。」治病過程中，我經常很忙碌，有時很狼狽，實在不宜、甚至不能見客，唯有請大家多多體諒，謝謝您！我會好好治病，也會時時感念您的關懷，並且盡最大努力繼續此一住院手札。麗芳也忙碌不堪，有時忙到無法接聽電話。醫護人員認為她不能這樣，因此鼓勵她盡量回復正常生活，包括到健身房。

差點忘了，失眠狀況昨天改善了。失眠原本就是可能的副作用之一。我以往從未失眠，但治病用藥後，稍微知道失眠之苦了，往後也才真的能夠體諒別人的失眠之苦了，雖然也許仍然只能體諒很小一部分。

上帝讓我們經歷不同際遇，有的遭遇可能痛苦，但祂有祂的旨意，目的之一是讓我們因此可以安慰別人。五十年前，我在屏東感恩堂的青年團契聽家兄講道，記下了這一課。

昨夜突然醒了，看看錶，才睡了一個多小時。努力繼續睡，使出母親教導的招數，感恩禱告，果然有效。二、三小時後，又醒了，不要緊，還是感恩禱告，這回一直睡到醫生巡房。

精神飽滿，是因為「神」使我們「飽」足。與您共勉。

劉屏　敬上

二〇一九年五月六日，星期一，住院第七天

茶水間那個大冰箱

這層病房另一端有個公共空間，供家屬等待之用。裡面有個大冰箱，儲藏著一些立即可食或加熱即可食用的食物。規矩是：盒上有名字的，表示有主人，別人不可取用；如果盒上沒有名字，任何人皆可隨時取用。類似的故事，在別處聽過。這回發生在自己身邊，感受格外強烈。有的病患有保險，負擔輕省些；有些人未必有保險，或保險額度不夠，再加上其他各項支出，就要想方設法節省開銷了。聽說大冰箱裡面的食物總是新鮮的，而且到了進餐時間，經常有人「買太多了，吃不下了」，留給別人食用。

聖經《馬太福音》第廿五章，耶穌舉了個比喻，一位王對義人說：「我餓了，你們給我吃；渴了，你們給我喝；我做客旅，你們留我住；我赤身露體，你們給我穿；我病了，你們看顧我；我在監裡，你們來看我。」義人就回答說：「主啊，我們什麼時候見你餓了給你吃，渴了給你喝？什麼時候見你做客旅留你住，或是赤身露體給你穿？又什麼時候見你病了或是在監裡，來看你呢？」王回答說：「我實在告訴你們：這些事你們既做在我這弟兄中一個最小的身上，就是做在我身上了。」

今天第一次記下天氣：晴。急診、入院那天是星期一，晴天。之後沒有太注意天氣，

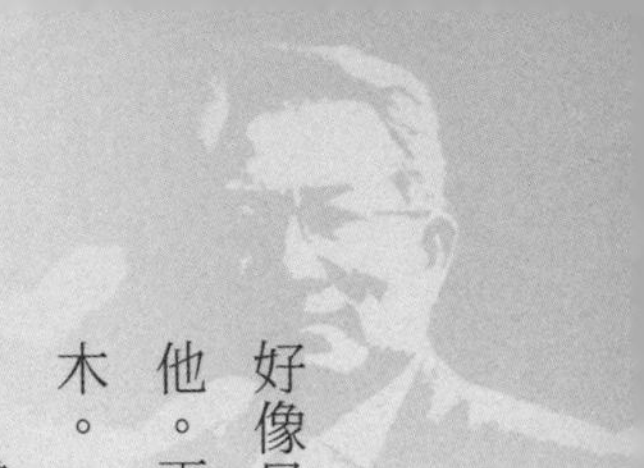

好像星期五、星期六下雨。之所以沒注意天氣，是因為忙於檢驗、治療，根本無暇顧及其他。更正確的說，大概是沒有心情顧及天氣，盡管病房有一整片窗，望去是很遼闊的大片林木。

體重繼續上升，比八天前入院時增加了二十二磅，正好是十公斤，醫生囑再量一次，確認。這是藥效的副作用。所幸漲幅趨緩，感恩。大概體重也知道居高思危的道理，或者股市要逢高出脫？雙臂、雙腳、雙腿浮腫加劇。左小腿骨昨晚出現一處水泡（blister），今天破了，不是我故意的。今天下午又出現了四、五個，個個都至少像一個手指關節那麼大。護理師擔心破皮感染，已予包紮。不疼不癢，只要好好護理，不會有麻煩。

每天至少走一萬步，今天連續三天了。有時覺得體力不夠，休息後繼續走。當然扯著點滴掛架，速度不能太快，遠不比平常的運動量，但「活動活動，活著就要動」。

謝謝您的關懷、代禱，願　神保守您一家出入平安！

劉屏　敬上

二〇一九年五月七日，星期二，住院第八天

沒穿過那麼大的短褲

麗芳今天給我帶來超大號短褲，原因無他，我的體型日見其隆，原來的褲子太緊了。我通常穿M號，從沒想到有一天會要穿XL號。體重比昨天增加了二磅，即將近一公斤。好消息是漲幅稍緩。醫生說，會逐漸消下去。難不成日後長褲也要買XL？雙腳、雙腿浮腫的不像樣子，而且多處出現水泡，醫囑予以包紮。這個包紮過程可麻煩了，要全面清洗，貼上保護膜，然後包上繃帶，從腳部一直纏裹到將近膝部，再套上醫療襪。不消說，暫時不能碰水了。護理師看出我的疑惑，主動告訴我「隔天一換」。

為了舒緩腫脹，走路的時間減少了，因為要拿一部分時間抬起腳來。在床上時，腳部必須墊高；坐在椅子上，必須搖起椅子的腳墊，讓腳放上，抬高。總之，如果體力許可，就走走路；如果累了，就休息兼抬腳；反正不要久站。出現浮腫，可能是藥物導致，可能是點滴進入皮下，也可能是過敏。文獻記載，浮腫嚴重者，臉、眼皮、舌、唇、腹部都可能浮腫，甚至有人因為呼吸道腫脹而必須立即救治。相比於他們，我還能不倍加感恩嗎？背部腰椎出現瘀青，約莫一個拳頭大小，是因為血小板不足所致。原本瘀青，今天轉為紅色。

《台灣醒報》（https://anntw.com/）董事長邱文福、社長林意玲來信打氣，附於此：

「病人與住院的狼狽讓你一次狠狠的體驗，主要目的是讓你能有同理心，今後你再説感同身受，就真的是感同身受了。就像我四年前狠摔機車，右手肘開放性與粉碎性骨折，住院兩週生不如死、注射嗎啡止痛，出院後兩個月翻來覆去痛得無法睡覺，而且不能自己洗漱、更衣、用餐……如今，一切都復原了，只剩疤痕，雲淡風輕。

正如聖經上説：「我們在一切患難中，他就安慰我們，叫我們能用　神所賜的安慰去安慰那遭各樣患難的人。」（《哥林多後書》一章四節）

體重暴增的目的，是讓你養足精神與抵抗力，以應付化療殺死癌細胞。」

謝謝邱董及林社長。

今天多了一些檢驗及治療，就早早休息吧！祝您與您一家同沐主恩！

劉屏　敬上

二〇一九年五月八日，星期三，晴，住院第九天

耶穌教我穿襪子

十天，體重增加了二十六磅，即將近十二公斤。醫師決定調整藥量，設法控制體重。如前所述，雙臂、雙腿、雙腳都浮腫，且多處出現水泡。層層包紮後，已無法穿鞋，唯有套上醫療襪。昨夜脫襪就寢，想到前人所說：「今晚脫了鞋與襪，不知明早穿不穿。」生命都在上帝手裡，祂有祂的時間表。中國人不也說「黃泉路上無老少」？

夜半要如廁，問題來了。勉強穿上一隻襪子，另一隻無論如何也穿不上。浮腫所致，膝部的曲度大受影響。腹部也變大了（本來就不小，怪不得別人），手搆不到腳。奮鬥了半天，氣喘吁吁。一腳穿著襪子，一手拎著襪子，不知如何是好。當然，可以穿著一隻襪子如廁，無礙天理、國法、人情，但就是很不服氣。年逾花甲，竟然在這件生活瑣事上嚴重受挫。凌晨三時半，委實不願打擾別人，只有繼續自行想方設法。突然彷彿聽到很細微的聲音，說「你可以請我幫忙呀」。當即想到一個故事，說有個孩子遇到問題，無解，於是很自然的走向父親，因為那是最後的保障。「那就靠祢囉！」我坐起身，稍微調整角度，立即穿上了。奇怪，剛才怎麼一直沒想到這一招？更沒有想到這個角度？

使徒保羅喜歡誇自己的軟弱。主對他說：「我的恩典夠你用的，因為我的能力是在人的軟弱上顯得完全」。保羅說，因著自己的軟弱，得蒙基督的能力覆庇。「我為基督的緣故，就以軟弱、凌辱、急難、逼迫、困苦為可喜樂的，因我什麼時候軟弱，什麼時候就剛強了」。（參見《哥林多後書》第十二章）保羅遭遇的軟弱、凌辱、急難、逼迫、困苦，非常人所能想像與承受。我引述他的書信，是想與您分享自己這段見證，也期盼與您互勉：天上人間永恆的福分，天父已白白賞賜給信祂的人。我們在祂的愛裡，在祂的懷中，與祂同行。

劉屏　敬上

二〇一九年五月九日，星期四，住院第十天

簽名有點困難

醫師拿來一張表格，要我簽名。內容不是問題，問題是簽名之後，怎麼看就不像我的簽名。手有一點點抖，指尖有一點點不靈光，打字出錯的機率升高，不知是否腦筋反應短路。弟弟嘉韋說，無關智商，用藥副作用也是一時的。還好，跟隨基督的條件是「心」與「口」，無關寫字。《羅馬書》第十章：你若口裡認耶穌為主，心裡信神叫他從死裡復活，就必得救。因為人心裡相信就可以稱義，口裡承認就可以得救。

二嫂詢：「醫生准許你在室內穿大拖鞋嗎？能穿冬天布料拖鞋，是否方便些？」二嫂舉了寇紹恩牧師的親身經歷。不是一家人，不進一家門！正好麗芳買了超大號拖鞋進來。可惜浮腫加上包紮，拖鞋雖是最大尺碼，腳仍然塞不進。勿念，上帝預備了寬鬆的醫療襪，材料很好。地板質地也具有防滑等功能。而且主耶穌教了我穿襪子，我要好好練習。

血壓、呼吸、心跳等均正常。白血球衝得過高了，尚不嚴重。紅血球及血小板沒跟上。其他值尚佳。教會弟兄徐林醫生叮囑：「現在是疾病和化療雙重打擊，身體不能太疲勞了，需要休養生息，慢慢恢復。」其殷殷關懷，溢於言表。報告Dr.徐：我量力而為，步幅只及平日三分之一。四十年前擔任預備軍官，齊步走，一步步幅是六十五至七十五公分。走筆至此，想起大時代的故事，有的就發生在我身邊，改日向徐大夫報告。

在病房行走，必須推著點滴瓶。女兒說，她可以幫著推；又說也許有一天會使用機器人助推。誰說不是呢？

今天另有一件好消息，體重降了零點八公斤，是住院十一天以來的第一次。感謝上帝。明天，體重會不會又漲？不知道，也不懼怕。《馬太福音》第六章，耶穌說，飛鳥不種也不收，也不積蓄在倉裡，天父尚且養活牠；野地裡的百合花既不勞苦，也不紡線，卻勝過所羅門王極榮華的時候。所以耶穌說：「不要為明天憂慮，因為明天自有明天的憂慮。一天的難處一天當就夠了。」

願您闔家享有平安，那平安是主所賜的。

劉屏　敬上

二〇一九年五月十日，星期五，晴，住院第十一天

清晨四點的越洋電話

清晨四時許，看到手機上有一通留言，寫的是「奇蹟真的出現了！」

自從大幅脫離第一線採訪任務後，我就寢通常關手機，即使要照明也轉至飛航模式，今晚算是例外。這是一通來自高雄的國際電話，那端是退役陸軍少將栗正傑，韓國瑜志工護衛隊一員。他知道我住院，所以不打擾，等我醒來再說。接通後，栗將軍說，歷經多次嘗試後，經由親人、親友、袍澤不斷努力，「槐哥找到了合適的換肝配對」，最快二十二日動手術。栗又說，這位主治醫師的手術成功率是全台最高者之一，有兩千多次手術紀錄。

槐哥本名「槐建中」，陸軍官校四十九期畢業，中校退伍，現年六十一歲。去年高雄市長選舉期間，韓國瑜一個人孤坐麵攤吃滷肉飯的時候，槐哥就是競選團隊志工，幫忙打掃辦公室、清理垃圾、找人裝修水電。後來韓國瑜聲勢高漲，槐哥成了護衛隊第一勇士，以其高大的身材負責第一線護衛。每次任務結束後，槐哥總是疲累不堪。他硬是撐到選後才去檢查身體，赫然發現居然是肝硬化，開始住院治療。栗正傑說，自已幾次去探望槐哥，問槐哥要不要告訴市長。但「槐哥一再交代，千萬不要告訴市長，因為市長才剛就任，市務繁忙，千萬不要打擾他公務」。

栗正傑說，一直到四月下旬，槐哥肝昏迷了兩次，「我違背槐哥的交代，讓市長知道了這件事」。韓未讓新聞界知悉，專程探望槐哥。槐哥特地和家人穿上「九合一」選舉時的志工護衛隊制服與韓國瑜合影。那是槐哥第一次與韓國瑜合影。栗正傑表示，韓市長探望後，槐哥又多次肝昏迷，已進入加護病房，甚至交代遺言。沒想到經過眾人努力，竟然奇蹟出現，在最危急時刻換肝手術配對成功。栗正傑說，槐哥家人衷心感謝大家關懷，也誠摯感謝大家循各種途徑協助槐哥。

我聽完了栗將軍的口述，不睡了，寫成新聞，內容大致如上。寫完，繼續睡，睡得很平安，好像擺脫了因為藥物引起的失眠，至少今天擺脫。

明天是五月第二個星期天，母親節。對我們家人而言，五月十二日多了一重意義，「國際護士節」，現在正名為「國際護理師節」。這是南丁格爾的生日。母親一生從事護理工作，不但關心傷患的病情，也關心傷患的靈魂。她不只「服務」，更是「服事」，立下最佳典範。

我蒐集了幾句南丁格爾的名言，試著翻譯如下。

To be a fellow worker with God is the highest aspiration of which we can conceive man capable.

與神同工，是我們切慕之最高志向。

Mankind must make heaven before we can "go to heaven" (as the phrase is), in this world as in any other.

不論在這個世界，或在其他任何世界，我們要進入天堂之前，必須創造天堂。

If you knew how unreasonably sick people suffer from reasonable causes of distress, you would take more pains about all these things.

多少病因不明的患者承受著看似合理的病因，若是你了解這一點，你會願意因此承擔更多痛苦。

劉屏　敬上

二〇一九年五月十一日，星期六，晴時多雲，住院第十二天

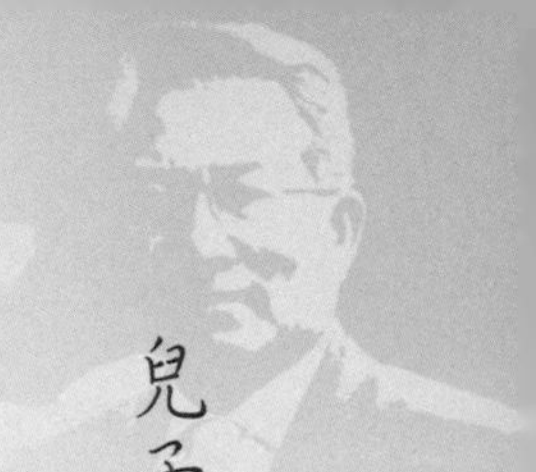

兒子的褂子

厚褂子，就是厚上衣，北方人的說法。

民國二十六年，一九三七年，抗戰已全面軍興。大娘的長子從軍，加入國軍某部，入伍受訓，分發至部隊，離家甚遠，只能書信稟報。隔年三月，有消息傳來，說長子所屬的部隊開拔前線，準備某日在山東省滕縣（今滕州市）車站稍事停留。

這天，大娘一早出門，趕往車站。可是聯繫不易，大娘見到部隊官長時，才知道兒子不捨母親旅途勞頓，請幾小時假，飛奔回家。大娘急忙返家，鄰人告知，前線軍情緊急，軍令如山，兒子已趕回車站，重行集結，連夜出發。離開祖厝時，兒子朝著母親大人的座位叩拜作別。

追不上了！鄰人拿過來銀元乙枚，說兒子在部隊省吃儉用，積攢下來的，孝敬母親大人。後來獲悉，部隊挺進台兒莊，締造了抗戰以來最重要的軍事勝利，是為「台兒莊大捷」。中日兩國，此役死傷合計約三萬人。

大捷後不久就是母親節。失去了愛子，是什麼樣的母親節？大娘從此沒有長子的音訊。兒子留下的那枚銀元，大娘到布莊裁了塊布，做了件厚褂子，等兒子回來穿。

十一年後，一九四九年，大娘隨著三子、三媳到了台灣。迢迢萬里，包袱裡始終有那件褂子。臨行前，鄰居問大娘：「聽說台灣寶島四季如春，你帶著那厚褂子，用不上的。」

在台灣定居三十四年，大娘安息主懷。那件給兒子做的褂子，彷彿依然述說著大娘對兒子的企盼。

我知道這個故事是真的，因為那位大娘就是我的奶奶。先祖母劉張宗蕙女士（一八九七至一九八三），不識字，裹小腳，不到三十歲就守了寡，撫養三子一女，八十六歲時在屏東過世。她魂牽夢繫的，除了那等不到的長子，還有那死於青海勞改營的次子。

劉屏　敬上

二〇一九年五月十二日，星期天，母親節，陰雨，住院第十三天

她在王宮裡，我在病房中，為什麼？

西元前四百七十年，波斯皇宮裡發生了驚天動地的大事。猶太籍皇后以斯帖冒著生命危險，挽救了全體猶太人的命運。這篇史實裡有一句千古名言：「焉知你得了王后的位分，不是為現今的機會嗎？」（參見聖經《以斯帖記》第四章）

以斯帖在皇宮裡，是出於上帝的旨意，歷世歷代的猶太人感謝上帝。兩千五百年後，我在病房裡，我當然沒有任何資格與以斯帖相比，但是，滿心感謝是一樣的。

化療以來，副作用之一是嘴唇極乾燥，時時刻刻都是乾燥的，而且是全面乾燥。不但腫，而且脫皮，隨時可以撕下一片，甚至不花任何工夫也能隨手扯下一塊。醫護人員提供乳霜之類的保養品，也提供其他方法。但無時無刻，這個副作用告訴我自己的乾癟模樣，以及這個模樣帶來的不便。還好，我一向不喜歡照鏡子。

開始時，當然有些煩惱。但幾天來的思考，我開始為這個副作用不住感謝上帝，不然我怎麼會好好對付自己的罪？

《以賽亞書》第六章：「我是嘴唇不潔的人，又住在嘴唇不潔的民中。」不正是自己多年來的寫照？《馬太福音》第十二章：「心裡所充滿的，口裡就說出來。」說的不就是我？

《雅各書》第三章，標題是「舌頭最難制伏」，因為「舌頭在百體裡也是最小的，卻能說大話。」經文寫道：「我們用舌頭頌讚那為主、為父的，又用舌頭咒詛那照著神形象被造的人。

頌讚和咒詛從一個口裡出來，我的弟兄們，這是不應當的！」

因為生病，因為服藥，因為副作用，讓我知罪，讓我認罪，讓我悔罪。這是我在病房裡的美好收穫，感謝主！

劉屏　敬上

二〇一九年五月十三日，星期一，多雲，住院第十四天

給同業的信

各位親愛的新聞同業：收信平安！

去年十一月，我的肺部出現疑似異狀，進一步檢查，證實是虛驚。沒想到最近出現另外病灶，且來勢洶洶，使家人及我經歷前所未有的巨變。為免驚擾，所以我這次沒有把生病、治病之事詳細報告，請您不要見怪。另一方面也是此病有些麻煩，一切以治病為優先，只好把您的關懷、代禱銘記在心，永誌不忘。

這段日子，我每天寫點感言，與家人等人分享。今天寫了一篇「這群人，結構不一樣」，表達對各位同業的感念與崇敬。文章附於這封信之後，請您指正，謝謝您！

我患的是一種「急性骨髓性白血病」；正式名稱是Acute Promyelocytic Leukemia，縮寫是ＡＰＬ，中文是「急性早幼粒細胞白血病」。這種血癌在一九五七年首見，當時平均活不過七天；如今醫生說治癒率超過九成。感謝主！

病因是我的十五及第十七對染色體易位，導致基因異常、突變，累積了大量未成熟的早幼粒細胞，妨害正常細胞成長。就好像院子裡雜草叢生，好草的空間就遭到壓縮了。醫生說，如果非患血癌不可，就患這種吧，因為「藥下去之後，效果特別明顯」。聽醫師解釋，感覺是「不治，死得快；快治，應能好」。

我的白血球數量一度只有二百多，屬危險值，僅及正常最低值的百分之五，醫生怕我掛了，不斷檢驗基本生命指數。現在若干數值仍欠佳，唯尚屬穩定。我一度抵抗力極差，即使是醫護人員，都須戴口罩，免得我感染。水果、生菜沙拉、鮮花都不能接近，以避免感染。經歷化療之後，病情可望緩解；但仍需維持性的化療若干時日，以降低復發機率。

化療項目之一是 Arsenic Trioxide，學名叫「三氧化二砷」，也就是砒霜。武大郎死於這玩意兒，我今天卻要靠它活命，關鍵在於劑量多寡。化療出現副作用，唯都是事前預知，理論上也是可承受的。難堪者之一是體重暴增逾二十八磅（超過十三公斤），雙臂、雙腿、雙腳明顯浮腫，皮膚緊繃，出現若干水泡。層層包紮後，店家最大的鞋也穿不下，唯有套上止滑襪。

眼睛外緣也一度水腫，唯僅皮肉增加，眸子沒有加大，唉！手有一點抖，指尖有點不靈光，打字出錯的機率升高。簽名已非真跡。嘴唇極乾，腫且脫皮，隨時不花任何工夫就能扯下一塊。醫護人員提供乳霜之類的保養品，也提供其他方法。但乾癟模樣可以想像。還好我一向不喜歡照鏡子。

我正接受「以毒攻毒」療法，其他人如果不慎，可能遭到毒物感染。所以治療時，醫護人員身穿防護衣，頭戴防護帽，罩著防護鏡，有點像是面對核設施。化療每天兩個多小時，另有電解質等點滴，還有其他十多種藥物。此外各種檢驗，包括心跳、血壓、呼吸、含氧量、心電圖等等。總結起來，此時是「我怕別人，別人怕我」。我希望我趕快好起來，「我為人人，人人為我」。

生病時刻，也是反省時刻與懺悔時刻。我為這些副作用不住感謝上帝，不然我怎麼會好好對付自己的罪？

聖經《雅各書》寫道：「我們用舌頭頌讚那為主、為父的，又用舌頭咒詛那照著神形象被造的人。頌讚和咒詛從一個口裡出來，我的弟兄們，這是不應當的！」因為生病，因為服藥，因為副作用，讓我知罪，讓我認罪，讓我悔罪。這是我在病房裡的美好收穫，感謝主！

昨天凌晨是另一個啟發。睡得正酣，突然一聲巨咳，把我自己驚醒了。其響聲之大，其來勢之猛，真令人擔心干擾其他人。僅只一聲，把自己嚇到了。事態沒有結束。說時遲，那時快，相隔不到一秒鐘，下身一聲巨響，彷彿火箭拔地而起。若不是有屋頂擋著，幾乎就要直上雲霄。聲音立時停了，氣勢立即止了。沒有後遺症，沒有味道；來得急，去得快。開了燈，向牆上一望，清晨四時。

未曾有過這樣的經歷，委實難忘。不睡了，因為這是個好機會，要好好思索，好好對付自己的罪，對付自己最大的罪：驕傲。那兩聲巨響，沛然莫之能禦，其實瞬間消失，無影無蹤，正如驕傲註定走向空虛。

《哥林多前書》第四章：「使你與人不同的是誰呢？你有什麼不是領受的呢？若是領受的，為何自誇，彷彿不是領受的呢？」這說的就是我啊！

《箴言》第六章說，耶和華所恨惡，第一樣「就是高傲的眼」。《羅馬書》第一章列出世人的各項敗壞，其中包括「滿心是嫉妒、爭競、讒毀、背後說人、侮慢人、狂傲、自誇……」。

《馬太福音》第十一章，耶穌說：「我心裡柔和謙卑，你們當負我的軛，學我的樣式，這樣你們心裡就必得享安息。」

萬主之主，萬王之王，祂的品格是柔和謙卑！我自以為追隨基督，卻是驕傲！真是何其羞慚！

《馬太福音》記載，耶穌進入聖城耶路撒冷，「是溫柔的，又騎著驢，就是騎著驢駒子。」

《箴言》第十六章：「驕傲在敗壞以先。狂心在跌倒之前。」

感謝主，因祂的慈愛讓我更加認識了我。祈求主幫助我學習祂的柔和謙卑！

劉屏　敬上

二〇一九年五月十四日，星期二，住院第十五天

這群人，結構不一樣

華府有這樣一群人，他（她）們具有高超的專業素養，又有著勤勉執著的工作態度，常讓我想到一句廣告詞「胸懷千萬里，心事細如絲」。

美中貿易戰的連番烽火，他們時時關注；美台之間的各種情勢，他們全盤了解；而且必須在第一時間剖析、解讀、加以預判。透過他們，台灣得以明瞭台灣在美國的定位；透過他們，美國得以知悉美國在台灣的角色。沒錯，他們的作品，美國在台協會（ＡＩＴ）有專人譯為英文。

也許您已經猜到，他們是媒體記者。華府元旦升旗，攝氏零下十幾度的酷寒，他們在那裡報導；八月間的威廉波特，氣溫高達攝氏卅五、六度，他們採訪世界少棒大賽。這都是最近程的。倫敦地鐵爆炸，烏克蘭情勢逆轉，他們立刻成為歐洲議題專家。美國與古巴改善關係，他們還得惡補西班牙語。

他們的角度是全方位，他們的工作時間是全天候，他們簡直是無所不在，無遠弗屆。還在路上，他們已經構思；到了現場，他們思索切入點；邊採訪，邊想著以下的一連串問題；採訪畢，稿子幾乎已經完成了。他們的背包不是一般的重：手機通常不只一部；藍芽或耳機必備；充電飽及充電器當然不能少；電腦及充電器，還要相關的行動網卡等。要準備能量包、巧克力糖吧，一早出門，誰知道何時、何處能稍事歇息？還要準備礦泉水吧！

洋洋灑灑，還沒有列上筆記本、筆、對光用的白紙；還有那自拍器、三角架等等。至於攝影機、照相機、備份電池、連結線……。

常常看到的場景之一是：他們結束了這一場採訪活動，立刻趕往下一個場子，抓空檔發稿，絕不浪費一分一秒。哪怕是方寸之地，擋不住他們工作的熱忱。

他們是一群了不起的專業人士，是活躍於華府舞台的台灣之光，讚！

劉屏　敬上

二〇一九年五月十五日，星期三，晴，住院第十六天

旅遊時經常參觀和軍事有關的博物館，這次是位於美國聖地牙哥的中途島號航空母艦博物館。

結縭三十三載，「雄中」老生第一次，也成了最後一次，陪伴「雄女」妻子返回母校。

劉屏的隔離病房的白板上寫著：我的第一本書，關於台灣選舉，撰寫中。

加護病房中，兒女以海報表達對父親的愛。

二〇一九年四月天，高雄愛河的最後巡禮。

81張一元，相愛久久的好婚姻
10張十元，十全十美的好妻子
親愛的太座，辛苦了
元月廿六日
2017

劉屏生平第一次給妻子壓歲錢，
這淡黃色的信封收在保險箱裡珍藏紀念。

跋

這是我想寫的第一本書，怎麼也沒有想到，竟然是在癌症病房寫的。

劉屏寫於二〇一九年五月十一日

後記

劉屏，一個熱愛生命的資深新聞從業人員，就在想完成他夢想的巔峰之際，跌入谷底，驟然離世，留下無語問蒼天！

在自台返美確定罹患白血症的前一個星期，也就是四月下旬，劉屏還在高雄的夜市裡，聆聽擺攤的商家暢談對高雄市選舉變天的看法。談到因「韓流」而大獲利潤的攤販喜孜孜的說，造勢那晚，「賣光光啦！賺多少？不能說？不能說？總之比以前多多了！」因此，劉屏想著，有好多故事要寫。

儘管，他緊急住院，住院的第一天就寫：「化療後的日子大概不好過，我已經停下各種工作。如果有點力氣，要努力做以前沒做過的一件工作，……」什麼工作呢？就是寫書。他不僅仍奮力寫稿、發稿，更在病榻上力撐寫下《誰？為韓國瑜擋子彈》序言，期待有機會以著作與大家見面。

此外，劉屏毫不猶豫的執筆「住院手札」，把面對病魔時的心路歷程和深層思考呈現在陽光下。在華府採訪的歲月裡，他的發稿量相當大，甚至有一天發即時短稿多達六、七則的紀錄，被公認是多產的寫手。病房裡，直到化療後手指頭腫到無法打字，他才停止撰文，留下遺作手札十六篇。

住院三十五天，劉屏選擇六月四日天安門事件日歸天家，家屬在五天內獲致五萬多字的紀念文章，於華府出版《一粒麥子》紀念冊，在追思禮拜上致贈前來悼念的親友和粉絲。之後，仍有紀念文章湧入，因而繼續彙整七萬多字，於台北再次出版，同樣的，在台北的追思禮拜上致贈前來致哀的政要、同仁、親友、讀者，而《一粒麥子》紀念冊中的「住院手札」獲得許多回應說，感人至深。

劉屏無法親自完成寫書的心願，但他歷年的筆耕和「住院手札」皆充分流露了其思想、理念和價值觀。為了傳遞劉屏那大筆如椽的論點，劉屏的妻子和熱心友人組成工作小組，整理分類其文稿，集結成文集，並將「住院手札」納入，完成劉屏懸念已久的出書。

這是劉屏的第一本書，也是他的最後一本書。

但願劉屏的生命之筆穿雲，串串落下的文字能留在一畦畦心田，有如粒粒麥子，有發芽的一天。

※感謝工作小組成員何瑞祥、陳華威、郭詩灝、楊提、謝啟宇及林士玫夫婦。

※感謝中國時報和台灣醒報的大力支持，尤其台灣醒報社長林意玲的鼎力協助；另有楊艾俐、王立楨等許多朋友的從旁協助，恕難在此一一致謝。

劉屏家屬　敬上

人與土地19

一筆穿雲——永遠的華府特派員劉屏的軍魂國魂與靈魂

作　者—劉　屏
編　輯—黃嬿羽
校　對—林士玫、林意玲、張麗芳、謝啟宇（以姓氏筆劃順序排列）
照片提供—劉　屏
內文排版—李宜芝
封面設計—陳文德

董事長—趙政岷
出版者—時報文化出版企業股份有限公司
一〇八〇三台北市和平西路三段二四〇號七樓
發行專線—（〇二）二三〇六六八四二
讀者服務專線—〇八〇〇二三一七〇五・（〇二）二三〇四七一〇三
讀者服務傳真—（〇二）二三〇四六八五八
郵撥—一九三四四七二四時報文化出版公司
信箱—10899臺北華江橋郵局第99信箱
時報悅讀網—http://www.readingtimes.com.tw
法律顧問—理律法律事務所　陳長文律師、李念祖律師
印刷—盈昌印刷有限公司
初版一刷—二〇一九年十一月十五日
初版二刷—二〇一九年十二月二日
定價—新台幣三五〇元
（缺頁或破損的書，請寄回更換）

時報文化出版公司成立於一九七五年，
並於一九九九年股票上櫃公開發行，於二〇〇八年脫離中時集團非屬旺中，
以「尊重智慧與創意的文化事業」為信念。

一筆穿雲 / 劉屏作 . -- 初版 . -- 臺北市 : 時報文化 , 2019.11
面；　公分 . -- (人與土地 ; 19)

ISBN 978-957-13-8018-6 (平裝)

1. 新聞報導　2. 時事評論

895.3　　108018515

ISBN 978-957-13-8018-6
Printed in Taiwan